KB242526

마술피리

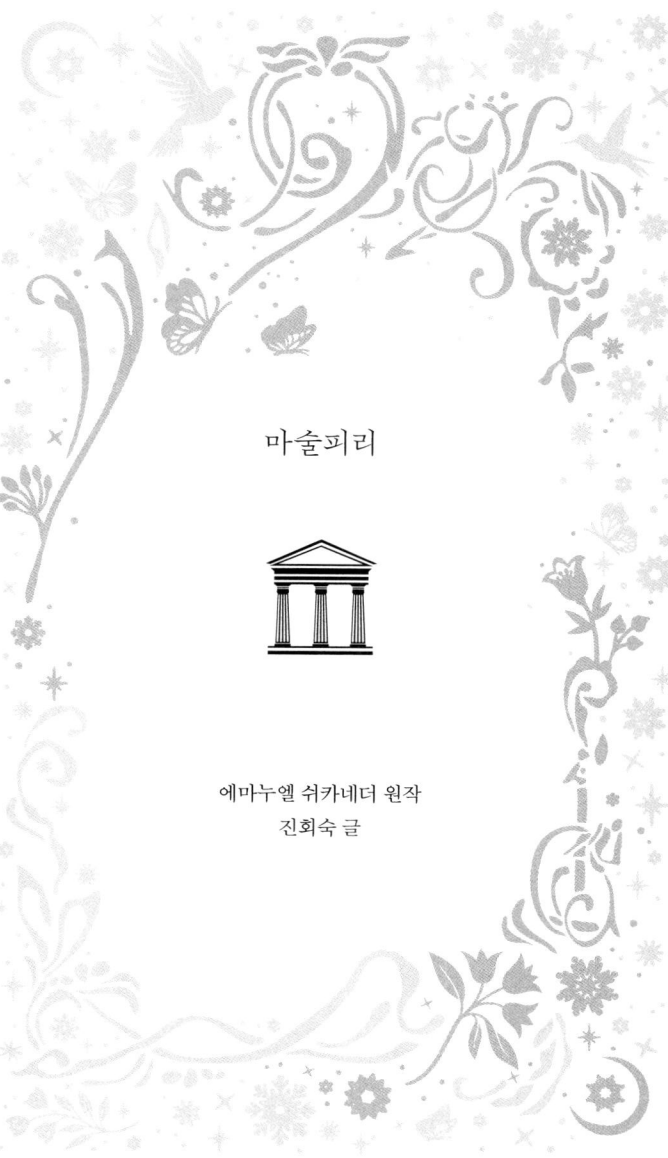

마술피리

에마누엘 쉬카네더 원작

진회숙 글

작가 소개

✦

에마누엘 쉬카네더(1751~1812)는 독일어권 오페라 발전에 중요한 역할을 한 극작가이자 배우, 연출가, 극장 경영자다. 바이에른의 가난한 가정에서 태어나 유랑 극단에서 활동하며 연극과 대중오락에 대한 감각을 익혔고, 이후 빈을 중심으로 대중극과 징슈필Singspiel* 전통을 이끌었다. 그는 화려한 무대 장치와 유머, 민중적 언어를 결합

---

* 18세기 독일에서 유행하였던 민속 음악극. 민요풍의 노래와 춤을 삽입한 대화체의 통속적이고 소박한 오페라로 희극적 내용을 특색으로 하며, 19세기 독일 오페라에 큰 영향을 주었다.

해 폭넓은 관객을 끌어들이는 극을 만들어냈다.

쉬카네더는 모차르트와의 협업으로 음악사에 이름을 남겼다. 그가 대본을 쓰고 직접 파파게노 역으로 출연한 《마술피리》는 설화와 환상, 계몽주의 결사의 상징을 엮은 작품으로, 귀족들이 전유하던 고급 예술과 시민들이 즐길 수 있는 대중문화의 경계를 허물었다. 이 작품은 정의와 사랑, 사랑과 시련이라는 주제를 유머와 판타지로 풀어내며 당시 관객의 큰 호응을 얻었다.

극장 경영자이자 무대 연출가로서 쉬카네더

는 여러 장치와 효과를 적극 도입해 오페라를 '보는 예술'로 확장했다. 말년에는 재정난과 건강 악화로 어려움을 겪었으나, 그는 무대와 작품을 사랑했던 당대 가장 재능 있는 극장인 중 한 명으로 평가받는다.

차례

일러두기

- 이 책의 맞춤법은 '한글 맞춤법'의 허용 기준을 따르는 것을 원칙으로 하였다.

- 이 책은 에마누엘 쉬카네더의 오페라 대본 《마술피리》를 소설화한 것이다.

- 소설로 옮기는 과정에서 오페라 대본의 구조를 존중하였다. 무대와 음악을 전제로 한 원작의 특성상 장면과 감정이 압축적으로 전개되는 부분이 있으나, 원작의 흐름을 해치지 않는 범위에서 필요한 보완만을 더했다.

마술피리

여정의 시작

✦

한낮인데도 불구하고 숲은 어두웠다. 울창하게 우거진 나무들이 해를 가린 탓일까. 아니면 험준한 산세로 골짜기에 짙은 그림자가 드리운 탓일까. 숲에는 음산한 기운이 감돌았다. 이때 타미노가 무언가에 쫓기는 듯 가쁜 숨을 몰아쉬며 숲속으로 달려 들어왔다. 그가 큰 소리로 외쳤다.

"살려주세요!"

달려오는 왕자의 뒤로 거대한 뱀이 모습을 드러냈다. 오래된 성벽처럼 두꺼운 몸집에 검푸른 금속처럼 빛나는 비늘, 얼음처럼 날카로운 눈을 가진 커다란 뱀이 긴 혀를 날름거리며 타미노를 쫓고 있었다. 그는 뒤를 돌아볼 용기조차 없었다. 다리에 힘이 풀렸고, 갈비뼈가 부러진 것처럼 아팠다. 온몸을 꿰뚫는 듯한 고통으로 몸이 휘청거리고 정신이 몽롱해졌다. 그는 혼신의 힘을 다해 도망쳤지만 기어코 최후의 순간이 들이닥쳤다. 태양을 가릴 만큼 거대한 형상이 자신을 덮치는 순간 타미노는 그만 정신을 잃고 말았다.

이윽고, 숲속에서 세 여자가 모습을 드러냈다. 밤의 여왕을 섬기는 시녀들이었다. 그들은 손에 쥔 은빛 창으로 뱀을 공격했다. 공격은 날카롭고 정확했다. 첫째 시녀는 뱀의 머리에, 둘째 시녀는 뱀의 몸통에, 셋째 시녀는 뱀의 꼬리에 창을 내리꽂았다. 치명상을 입은 뱀의 몸에서 검붉은 피가 뿜어져 나왔다. 뱀은 위협적인 몸을 비틀며 경련을 일으키더니 이내 바닥에 쓰러졌다

"와! 우리가 괴물을 물리쳤어!"

시녀들이 승리의 환성을 질렀다. 첫째 시녀가 뱀의 몸에 박힌 은빛 창을 뽑아 들자 창끝에서 검붉은 피가 떨어졌다. 창끝에 묻어있는 피를 닦아내던 둘째 시녀가 말했다.

"만일 여왕님께서 보셨다면 정말 흡족해하셨을 거야."

"맞아. 우리가 비록 여자지만 이 숲을 지키는 용사라고!"

시녀들은 얼굴을 마주 보고 웃었다. 그러다 이제야 생각났다는 듯 타미노가 있는 쪽으로 고개를 돌렸다. 정신을 잃은 채 쓰러져 있는 왕자의 얼굴 위로 나뭇잎 그림자가 아른거렸다. 시녀들은 호기심이 가득 찬 표정으로 살금살금 타미노에게 다가갔다. 그 옆에 무릎을 꿇고 혹시 숨이 멎지는 않았는지 살폈다. 셋째 시녀가 그의 코끝에 손을 갖다 대자 따뜻한 숨결이 전해져 왔다. 그녀가 살짝 미소를 지으며 말했다.

"조금만 늦었으면 큰일 날 뻔했어."

이 말에 다른 시녀들이 고개를 끄덕였다.

"그런데 이분 정체가 뭘까? 왕자님인가? 숲에는 어떻게 들어온 거지?"

시녀들은 눈을 감은 타미노의 얼굴을 찬찬히

들여다보았다.

"이렇게 가까운 거리에서 남자 얼굴을 보는 건 처음이야."

"나도 그래. 마지막으로 남자 얼굴을 본 게 언제인지 기억조차 안 난다니까."

"그런데 이분 정말 잘생기지 않았니?"

시녀들은 타미노의 얼굴에 완전히 반하고 말았다. 뱀의 공격을 받은 후인데도 불구하고 그의 얼굴은 놀랄 정도로 평온했다. 하얗게 빛나는 피부, 조각처럼 뚜렷한 이목구비, 단단하게 다문 입술. 빛이 감도는 듯한 이마는 대리석처럼 맑았고, 속눈썹은 길고 부드러웠다. 시녀들은 자신들이 왜 이곳에 있는지도 잊은 채, 타미노의 모습에 정신을 빼앗기고 말았다. 세상에! 꿈에서 그리던 바로 그 왕자님이 눈앞에 있다니!

"밤의 여왕님께 보고드려야 해."

첫째 시녀가 짧은 침묵을 깨고 말했다. 하지만 그 누구도 다음 말을 이어가지 않았다. 어느덧 시녀들의 마음에 경계와 질투, 설렘이 미묘하게 뒤섞인 감정이 싹트기 시작했다. 마침내 둘째 시녀가 정신을 차리고 입을 열었다.

"우린 시녀야. 임무를 잊어선 안 돼. 여왕님께 보고하러 가자."

그때 셋째 시녀가 불쑥 나섰다.

"내가 왕자님을 지킬 테니까 너희 둘이 갔다 와."

"너 혼자 왕자님을 지키겠다고? 그건 안 되지. 내가 지킬 테니까 너희 둘이 갔다 와."

시녀들은 왕자를 지키는 문제를 가지고 다투기 시작했다.

"왕자님을 처음 발견한 건 나야. 그러니 내가 지켜야 해."

둘째 시녀가 팔짱을 낀 채 고개를 좌우로 흔들며 웃었다.

"두 사람 다 너무 앞서 나가는 거 아니야? 그동안 여왕님께서 맡기신 임무를 가장 성실하게 수행해 온 사람이 누군지 알지? 바로 나야. 그러니

내가 남는 게 당연해.”

"왕자님이 눈을 뜨면 가장 먼저 보게 될 얼굴
은 나라고.”

"아니, 나야!”

시녀들의 목소리가 점점 높아졌다. 누가 먼저
그의 숨결을 느꼈는지, 누가 그와 더 가까이 서
있었는지, 누가 더 진심으로 그를 걱정하는지 따
지느라 정신이 없었다. 사소한 질투에서 시작된
말다툼이 어느새 큰 싸움으로 번져있었다.

첫째 시녀가 정신을 차린 듯 지지부진하던 이
야기를 잘라냈다.

"우리가 이러고 있을 때가 아니야.”

"그래, 여왕님께 알려야 해.”

옥신각신하던 시녀들은 만족스럽지는 않지만
그래도 모두가 공평하다고 생각할 수 있는 결론
을 내렸다.

"셋이 같이 가자.”

시녀들은 아쉬움과 미련을 가득 안은 채, 타

미노를 마지막으로 한 번 더 바라보았다. 그리고 밤의 여왕에게 보고하기 위해 함께 발걸음을 돌렸다. 그러나 숲을 떠나면서도 각자의 마음속에서는 같은 욕망이 은밀히 타오르고 있었다. 저 남자 곁에 남을 수만 있다면. 그 욕망의 불씨는 달빛처럼 고요하게, 그러나 오래도록 그들의 가슴 속에 남아있었다.

"살았……나?"

얼마나 시간이 흘렀을까. 타미노는 깊은 물속에서 떠오르는 사람처럼 서서히 의식을 되찾았다. 정신은 여전히 몽롱한 상태였다. 그는 눈을 감은 채 한동안 그 자리에 그대로 누워있었다. 나뭇잎이 바람에 흔들리는 소리가 귓가에 속삭이듯 들려왔다. 타미노는 천천히 숨을 고른 뒤 떨리는 손으로 땅을 짚고 힘겹게 몸을 일으켰다.

숲에는 정적이 감돌았다.

그 무시무시하던 뱀은 어디 갔지? 주변을 둘러보니 바닥에 길게 늘어져 있는 무언가가 눈에 들어왔다. 조금 전까지 그를 맹렬하게 쫓던 뱀이 꼼짝 않고 쓰러져 있었다. 타미노는 어떤 미지의 손이 뱀을 무찌르고 그의 생명을 구했다는 사실을 깨달았다. 그 알 수 없는 존재에게 그는 무한한 감사의 마음을 보냈다.

그때였다. 피리 소리와 함께 한 사내가 나무 뒤에서 튀어나왔다. 그런데 그 모습이 조금 기이했다. 새의 깃털로 온몸을 덮은 행색이 인간인지, 새인지, 아니면 숲의 정령인지 헷갈릴 정도였다. 그의 옷은 깔끔함과는 거리가 멀었다. 낡고 해진 옷자락마다 초록과 갈색, 노랑과 붉은빛을 띤 형형색색의 깃털이 붙어있고, 머리에 쓴 모자에도 작은 깃털 장식이 달려있었다. 짊어지고 있는 커다란 새장 안에는 방금 잡은 새 몇 마리가 들어있었다. 새장이 흔들릴 때마다 방울에서 딸랑딸랑 경쾌한 소리가 났다. 그 소리가 사내의 성격을 대변하는 듯했다.

타미노가 속으로 중얼거렸다.

'흠. 새의, 새에 의한, 새를 위한 복장이구나. 이 사람은 새와 무슨 관련이 있는 거지? 새의 대부쯤 되나?'

사내는 아직 타미노를 발견하지 못한 것 같았다. 자유로운 몸짓으로 춤을 추며 노래를 불렀다. 춤을 잘 추거나 노래를 잘 부르는 건 아니었다. 그저 제멋에 겨운 춤, 제멋에 겨운 노래였다.

"나는 새잡이. 세상 모든 새를 잡아들이지. 세상 모든 사람들이 내가 새잡이라는 걸 알고 있다네. 즐겁고 행복한 인생이야."

그는 새를 사랑했다. 반짝이는 깃털, 재잘대는 울음, 자유롭게 날아오르는 모습을 사랑했다. 새들과 노는 생활은 즐거웠지만, 그것만으로는 어딘가 허전했다.

"평생 새하고만 살 수는 없잖아."

그는 혼잣말처럼 중얼거리며 웃었다. 만약, 만약에 자신 곁에 예쁘고 착한 아가씨가 한 명 있다면 얼마나 좋을까. 함께 웃고, 함께 노래하고, 저녁이면 난롯가에 나란히 앉아 하루를 이야기할 그런 사람 말이다.

"내가 새를 잡듯이 여자를 잡을 수 있다면 좋을 텐데. 일단 아내가 생겨봐. 내가 장담하는데, 나는 내 아내를 평생 아끼고 사랑할 자신이 있어. 두고 보라고!"

파파게노는 상상 속의 아내를 떠올리며 얼굴을 활짝 밝혔다.

"그대가 어디 있든, 나를 찾아와 줘."

그렇게 오늘도 그는 새를 잡으며 다가올 사랑을 기다리고 있었다.

"이보시오."

타미노가 조심스럽게 사내를 불렀다.

"나 말이오?"

"그렇소. 인생이 즐거운 친구. 당신 누구요?"

"내가 누구냐고? 허. 이렇게 어리석은 질문이 또 있나. 누구긴 누구야. 사람이지. 그런데 그렇게 묻는 당신은 누구요?"

"나는 왕자요."

"왕자가 뭐 하는 이요?"

이 말에 타미노는 자기 아버지는 많은 사람을 다스리는 나라의 왕이고, 자기는 그의 아들이라고 말해주었다. 하지만 평생 산에서만 살았던 사내는 이 산 너머에 또 다른 세상에 존재한다는 사실을 이해하지 못했다.

"당신이 사는 이 산속 세상의 이름이 무엇이오? 그리고 누가 다스리고 있소?"

타미노가 묻자 사내는 말을 얼버무렸다. 그러자 타미노는 조바심이 났다. 도대체 이 사내가 이 세상과 동떨어진 산속에서 뭘 해서 먹고사는지 꼭 알아야겠다는 생각이 들었다.

"나는 새잡이예요. 새를 잡아 밤의 여왕과 시녀들에게 바치고, 그 대가로 음식을 받아먹고 살지요.”

타미노는 사내의 입에서 밤의 여왕이라는 말
이 나오자 깜짝 놀랐다. 밤의 여왕은 각의 세력
을 상징하는 존재였다. 그런데 그 악명 높은 밤
의 여왕을 위해 일을 하고 있다고? 타미노는 더
많은 이야기를 듣고 싶었다. 그래서 사내에게 밤
의 여왕에 대해 캐물었지만 사내는 더 이상 자세
히 털어놓지 않았다.

타미노는 사내의 정체가 못내 수상했다. 처음
부터 의심스러웠는데, 밤의 여왕과 한패라고 하
니 더욱 정체를 신뢰할 수 없다는 생각이 들었다.

‘온몸을 덮고 있는 저 깃털은 뭐지? 일종의 위
장술인가?’

타미노는 그가 어쩌면 사람이 아닐 수도 있다
고 생각했다. 겉으로 보기에는 영락없는 새잡이
지만 속은 알 수 없는 노릇이었다.

“당신이 사람인지 아닌지 모르겠소. 이 깃털을
보니 당신은 아무래도…….”

그러자 사내가 불쑥 말을 가로막았다.

"나는 새가 아니오. 하지만 내가 거인처럼 힘이 세다고는 할 수 있겠지."

"거인처럼 힘이 세다니? 그럼 이 괴물도 당신이 죽였소?"

타미노가 바닥에 누워 있는 뱀의 사체를 가리키며 물었다.

"아니. 저게 뭐, 뭐, 뭐요?"

바닥에 널브러진 뱀의 몸뚱이를 본 사내가 덜덜 떨면서 소리쳤다.

"당신이 죽인 뱀이지 않소."

타미노는 정황상 그가 뱀을 죽였다고 착각했다. 그 순간 사내의 마음속에 한 가지 불순한 생각이 떠올랐다. 타미노의 오해를 십분 이용하기로 한 것이다. 죽은 뱀은 말이 없으니 이참에 잘난 척 좀 해야겠다는 생각이었다.

"이까짓 뱀쯤이야, 뭐. 식은 죽 먹기죠."

사내는 용감한 척 뱀의 사체를 발로 툭툭 치며

말했다.

"아니. 무기도 없이 맨손으로 저렇게 큰 뱀을 죽였단 말이오?"

"그렇다니까요."

뱀을 죽였다고 자신하는 말을 듣고 타미노는 사내에 대한 의심을 거두었다.

'내가 오해했을지도 몰라. 난생처음 보는 사람을 위해 위험을 무릅쓰고 싸우는 사람이 나쁜 사람일 리가 없어. 어쨌든 이 사람은 내 생명의 은인이잖아.'

타미노는 사내에게 감사의 눈빛을 보냈다.

바로 그때 잔뜩 화가 난 시녀들의 목소리가 울려퍼졌다.

"파파게노!"

사내를 부르는 목소리가 오뉴월 서릿발처럼 차가웠다. 왕자는 그제야 사내의 이름이 파파게노라는 것을 알게 되었다.

"파파게노! 거짓말하면 안 되지."

곧이어 또 다른 시녀가 조용하지만 단호한 목소리로 말했다.

"모르는 사람에게 거짓말을 하고, 다른 사람의 공을 가로채면 어떻게 되는지 알지?"

타미노는 다시 한번 놀랐다. 자기 손으로 거대한 뱀을 죽였다고 그렇게 허풍을 떨더니 다 거짓말이었다고? 어떻게 그렇게 천연덕스럽게 거짓말을 할 수 있단 말인가?

거짓말의 결과는 참혹하게 돌아왔다.

"여왕님이 포도주 대신 맹물을 내리셨다."

"여왕님이 빵 대신 돌을 내리셨다."

"여왕님이 맛있는 무화과 대신 자물쇠를 내리셨다."

그제야 사태의 심각성을 깨달은 파파게노는 변명을 하려 했지만 입을 뗄 수 없었다. 입에 자물쇠가 채워졌기 때문이었다. 강요된 침묵이 그를 괴롭혔다. 그는 한시라도 말을 안 하면 입이 근질거려 못 사는데, 몇 날 며칠 입에 자물쇠를 채우고 살아야 한다니 이보다 더 큰 고통이 또 있을까. 파파게노는 자물쇠가 채워진 입으로 말을 하려고 애를 썼지만 공허한 울림만 입안에 맴돌 뿐이었다. 그렇게 좋아하는 와인을 마실 수도 없었고, 노래를 부를 수도 없었다. 여왕은 거짓말을 지껄인 입에 노래를 허락하지 않았다.

시녀들이 타미노에게 전말을 밝혀주었다.

"파파게노가 아니라 저희가 이 괴물을 쓰러트렸어요."

타미노는 잠시 말을 잃고 시녀들을 번갈아 바라보았다. 그리고 가슴 깊은 곳에서 진정으로 우러나는 감사의 인사를 전했다.

"목숨을 살려주신 은혜는 잊지 않겠습니다."

시녀들의 얼굴에 미묘한 웃음이 스쳐 지나갔다. 이토록 훤칠한 남자에게 이토록 정중한 감사 인사를 받다니. 위험을 무릅쓰고 뱀을 죽인 것이 그렇게 자랑스러울 수가 없었다.

사실 시녀들에게는 밤의 여왕으로부터 부여

받은 또 다른 임무가 있었다. 그래서 다시금 타미노를 찾아온 것이다. 시녀들은 왕자에게 한 여인의 초상화를 보여주었다. 타미노는 말없이 초상화를 들여다보았다. 그 속에는 눈부시게 아름다운 여인이 있었다. 5월 아침의 싱그러움을 잔뜩 머금은 푸른 눈동자, 아기의 속살처럼 맑고 환한 피부, 탐스럽게 늘어진 머리카락, 대리석 조각처럼 반듯한 이마, 수줍은 듯 발그레한 뺨과 장미꽃잎을 닮은 핑크빛 입술. 이제까지 한 번도 본 적이 없는 아름다움이었다.

가슴 깊은 곳에서 뜨거운 무엇인가가 치밀었다. 기쁨인지 두려움인지 알 수 없는 감정이었다. 그는 이 여인이 누군지 모른다. 이름이 무엇인지, 어디에 사는지, 어떤 삶을 살고 있는지. 그럼에도 불구하고 그림 속 여인에게 속수무책으로 빠져들었다.

'이 느낌이 사랑일까?'

타미노는 잠시 눈을 감았다가 다시 떴다. 한

장의 초상화가 운명의 방향을 돌려놓고 말았다. 마음 깊숙이 어떤 열망이 강렬하게 솟아 올라왔다. 이 여인을 찾아야 한다. 찾아서 나의 사람으로 만들어야 한다. 그 순간 온몸에 전율이 느껴졌다. 열망이 확신으로 바뀌는 순간이었다.

"용감한 왕자님! 그림 속의 여인은 밤의 여왕의 딸 파미나입니다. 여왕님과 적대하는 자라스트로가 파미나를 납치해 갔어요. 여왕님께서는 왕자님이 파미나를 구해주길 바라세요."

밤의 여왕이라는 말에 타미노는 화들짝 놀랐다. 초상화 속 아름다운 여인이 밤의 여왕의 딸 파미나라니. 그 악명 높은 밤의 여왕의 딸이란 말인가? 타미노는 마음의 갈피를 잡지 못하고 혼란스러워했다.

그때 갑자기 천둥이 치고 번개가 번쩍였다. 검푸른 밤의 장막을 뚫고, 저 멀리 높은 곳에서 어떤 형체가 모습을 드러냈다. 밤의 여왕이었다. 여왕은 이마에 얼음으로 만든 왕관을 쓰고, 수천

개의 별이 박힌 망토를 두른 채 공중에 떠있었다. 형광 빛이 도는 얼굴이 유난히 차고 서늘해 보였다. 그녀가 움직일 때마다 땅 위의 그림자들이 고개를 숙였다.

타미노는 숨을 삼켰다. 두려움과 경외가 동시에 가슴을 죄어왔다. 얼어붙은 듯이 차가운 여왕의 모습에 압도된 타미노는 본능적으로 무릎을 꿇었다.

"두려워하지 마라. 사랑하는 아들아!"

차가운 외모와 달리 여왕의 목소리는 의외로 부드러웠다. 그녀는 슬픔에 잠긴 눈으로 그를 바라보았다. 사랑하는 딸을 빼앗긴 어머니의 눈빛이 그를 파고들었다. 여왕은 딸이 자라스트로에게 잡혀가던 날을 생생하게 묘사했다. 딸이 도와달라고 그토록 외쳤는데도 아무 힘도 쓸 수 없었던 자신의 무력한 심정을 호소했다. 딸을 빼앗긴 어머니의 간곡한 눈물이 타미노의 가슴을 울렸다.

여왕이 손을 들어 올리자 공기 속에 빛의 파편들이 떠올랐다. 그 파편들이 모여 하나의 형상을 만들어 냈다. 고운 눈매, 부드러운 미소. 바로 파미나였다. 허공에 떠있는 파미나의 형상을 보는 순간 타미노의 심장이 사정없이 뛰기 시작했다.

여왕은 이런 타미노의 마음을 간파하고 있었다. 딸의 형상으로 그의 마음을 흔들어놓고, 피할 수 없는 명령을 내릴 기회를 호시탐탐 노리고 있었는데, 이제 때가 된 것이다. 갑자기 여왕의 태도가 돌변했다. 처음에는 '사랑하는 아들아' 하면서 호소하고 간청하는 태도를 취했지만 이제는 눈빛이 달라졌다. 예의 냉정하고 단호한 목소리로 타미노에게 명령했다.

"이 세상에서 단 한 사람. 너에게 명하노라. 내 딸을 구해오라! 그러면 파미나는 너의 아내가 될 것이다."

여왕의 손끝에서 빠져나온 날카로운 빛이 비수처럼 타미노의 가슴에 꽂혔다. 사실 여왕의 명령이 없더라도 타미노에게는 파미나를 구할 충분한 이유가 있었다. 그림 속에서 빛나던 아름다운 얼굴. 그 아름다운 얼굴을 구하는 것이 그에게 주어진 운명이었다. 타미노는 가슴에 품은 초상화를 다시 떠올렸다. 그림 속 파미나의 눈빛이 너무나 다정했다. 오래전부터 마음을 나누었던 사람만이 느낄 법한 친근함이었다.

'이 여인을 구하지 못한다면 평생 후회하며 살게 될 거야.'

이렇게 생각한 파미노는 단호한 목소리로 말했다.

"제가 가겠습니다."

그 순간 밤의 여왕의 얼굴에 미묘한 미소가 스쳐 지나갔다. 원하는 약속을 얻어낸 여왕은 흡족해하며 숲을 떠났다. 떠날 때도 올 때와 마찬가지로 하늘이 요동쳤다. 천둥 번개와 함께 밤의 여왕이 사라진 후, 숲에는 다시 정적이 찾아왔다.

타미노는 자신의 운명이 돌이킬 수 없는 길로

접어들었다는 것을 직감했다. 밤의 여왕에게 파미나를 구해 오겠다고 철썩같이 약속했지만, 그 길이 빛으로 향하는 길인지 아니면 더 깊은 어둠으로 향하는 길인지 알 수 없었다. 그때 그는 알지 못했다. 여왕의 이 명령이 빛과 어둠의 경계를 가르는 첫 관문이 될 것이라는 사실을.

이렇게 복잡한 타미노의 심정을 아는지 모르는지 속없는 파파게노는 여전히 입에 자물쇠가 채워진 채 웅얼거리고 있었다. 그 모습이 불쌍하면서도 한편으로는 고소했다. 그렇게 천연덕스럽게 거짓말을 하다니. 내심 그가 괘씸했지만 빈말이라도 위로를 해야겠다는 생각이 들었다.

"도와주고 싶어도 어쩔 수가 없소. 여왕이 내린 벌을 내가 어찌할 도리도 없으니."

그때 시녀들이 다가와서 파파게느의 입에서 자물쇠를 풀어주었다.

"다시는 거짓말하면 안 돼."

"물론이죠. 절대로 안 해요."

파파게노는 고개를 흔들며 앞으로 절대로 거짓말을 하지 않겠다고 약속했다. 하지만 파파게노가 누군가. 한시라도 말을 하지 않으면 입안에 가시가 돋는 체질 아닌가. 자물쇠에서 해방되자마자 그는 다시 수다쟁이로 돌아와 조잘대기 시작했다. 그를 본 첫째 시녀가 체념하듯 말했다.

　"이런 수다쟁이! 제 버릇 개 못 주지. 그래도 거짓말은 절대로 안 돼."

　묵언 수행의 고통을 경험한 파파게노가 큰 목소리로 단언했다.

　"그럼요. 맹세코 거짓말은 안 할 거예요."

　"왕자님. 여왕님이 이것을 보내셨어요."

　첫째 시녀가 참나무로 만든 피리 한 자루를 타미노에게 건넸다. 생긴 모양이 얼마나 아름답고 신비스럽던지 그냥 보기에도 예사로운 피리가 아니었다. 타미노는 조심스럽게 피리를 받아 들었다. 그리고 부드러운 손길로 표면을 쓰다듬었다. 손끝으로 오래된 숲의 온기가 은은하게 전해졌다. 피리의 표면은 얼핏 매끄러워 보였지만 자세히 보니 나뭇결 사이사이에 시간이 남긴 미세한 균열이 살아 숨 쉬듯 이어져 있었다. 손가락 구멍의 가장자리가 닳아있는 것으로 보아 그동안 수많은 손길이 이 피리를 거쳐간 것이 분명해 보였다.

"신비로운 능력을 지닌 마술피리랍니다. 이 피리로 무엇이든 할 수 있어요. 슬픔에 잠긴 마음을 달랠 수도 있고, 사랑 따위엔 관심 없는 인간도 사랑에 빠지게 할 수 있지요. 어려운 일이 닥쳤을 때 이 피리가 큰 도움이 될 거예요."

마술피리는 소리를 내지 않아도 이미 노래하고 있었다. 침묵 가운데 평온과 위로 질서와 조화를 약속하듯 신비한 기운이 흘렀다. 누군가 이 피리를 입술에 대는 순간 세상이 달라질 것이다. 타미노는 알 수 없는 시간이 다가오고 있음을 예감했다. 하지만 적어도 지금 이 순간만큼은 확신할 수 있었다. 이 마술피리가 그의 길을 밝히고,

두려움을 노래로 바꿔주리라는 사실을.

"자. 아름다운 분들, 안녕히 계세요. 소인은 이만 물러갑니다."

자물쇠에서 해방된 파파게노가 새장을 등에 짊어지며 떠날 채비를 했다.

"어림없는 소리! 어딜 빠져나가려고 그래? 여왕님께서 너도 왕자님과 함께 자라스트로의 성으로 가라고 하셨어."

그 말에 화들짝 놀란 파파게노가 불평을 늘어놓기 시작했다.

"자라스트로가 호랑이같이 무섭다는 얘기를 누가 했더라. 그런데 그렇게 무서운 자라스트로에게 가라고? 죽으라고 아주 고사를 지내는구만. 자라스트로한테 잡히면 통닭구이가 될 텐데, 나보고 그런 호랑이 소굴에 들어가라고?"

펄쩍 뛰는 파파게노를 시녀들이 안심시켰다.

"왕자님이 너를 지켜줄 거야. 대신 그의 하인이 되어야 해."

하인이 되라는 말에 파파게노가 길길이 날뛰었다.

"왕자는 개뿔! 지옥에나 가라지! 곁정적인 순간에 날 버리고 도망갈 게 분명해."

이런 파파게노의 마음을 읽었는지 첫째 시녀가 그에게 마법의 종을 주었다. 종을 흔드니 딸랑딸랑 아주 경쾌한 소리가 났다.

"마술피리와 마찬가지로 이 종이 너를 지켜줄 거야."

마법의 종이 자신을 지켜주리라는 말을 듣자 파파게노의 불안이 눈 녹듯이 사라졌다. 신비한 능력을 가진 종이라니! 게다가 왕자에게는 역시 신비한 힘이 담긴 마술피리가 있지 않은가.

시녀들이 떠나자 숲에는 짙은 정적이 깔렸다. 타미노와 파파게노는 나뭇잎 사이로 은빛 가루처럼 흩어지는 달빛을 받으며 조용히 걸었다. 이렇게 함께 걸으면서도 두 사람의 생각은 완전히 다른 방향으로 흘러가고 있었다. 타미노는 악당에게 잡혀간 순진한 처녀를 구하겠다는 사명감에 충만해 있었다. 하지만 매사에 현실적인 파파게노는 달랐다. 머릿속에 온통 향긋한 포도주와 따끈따끈한 빵 그리고 이 즐거움을 함께 나눌 여자 생각뿐이었다.

"이렇게 험한 일은 내 체질에 안 맞아."

그는 투덜거리며 왕자의 뒤를 따랐다. 여왕의 명령이 있어서이기도 했지만 이 여정이 끝나면 무언가 큰 선물이 자기를 기다리고 있으리라는 예감이 들었기 때문이다. 그 선물이 혹시 아리따운 아가씨라면? 파파게노는 가슴이 설렜다. 그래, 가보자. 고통 끝에 낙이 있다고 하잖아.

숲의 끝에서 이어지는 바위가 드러난 길에는 왠지 서늘한 기운이 감돌았다. 두 사람은 본능적으로 자라스트로의 영역에 들어섰다는 것을 직감했다. 타미노는 한 걸음 멈춰 서서 하늘을 올려다보았다. 밤하늘의 별이 반짝이고 있었다.

어둠의 궁전으로

✦

자라스트로의 궁전은 한낮에도 늘 반쯤 그늘에 잠겨있었다. 높은 기둥 사이로 빛이 흘러들어 왔지만 그 빛은 바닥에 닿기 전에 잘려나가듯 끊어졌고, 돌벽은 오래된 침묵을 품고 있었다. 이 궁전의 어느 방에서 모노스타토스는 느군가를 기다렸다. 어둑하게 그을린 얼굴에 번뜩이는 눈, 야비함이 가득한 미소. 한눈에 봐도 뒤틀린 욕망의 소유자라는 걸 알 수 있었다. 그때 느예들이 반항하는 파미나를 방으로 끌고 들어왔다. 모노스타토스는 준비라도 하고 있던 것처럼 음흉하게 입꼬리를 끌어 올렸다.

"귀여운 아가야! 어서 들어오너라.'

겁에 질린 파미나가 소리쳤다.

"아! 이거 놔요! 우리 어머니에게 잡히면 당신들은 끝장이야."

모노스타토스가 가소롭다는 듯 대꾸했다.

"우리가 끝장이 아니라 네가 끝장이야. 상황 파악이 그렇게 안 되나? 얘들아. 도망치지 못하도록 이 여자를 밧줄로 꽁꽁 묶어라."

노예들이 파미나를 결박하는 동안 모노스타토스는 묘한 쾌감을 느꼈다. 궁에서 가장 미천한 신분이었던 자신이, 감히 밤의 여왕의 딸을 손아귀에 넣고 흔들 수 있다는 사실이 믿기지 않았다. 그의 마음속에 뒤틀린 욕망이 꿈틀거렸다. 그는 노예들에게 명령했다.

"다들 나가 있어라."

파미나는 온몸이 밧줄로 묶인 채 차가운 돌바닥에 앉아 있었다. 돌바닥에서 올라오는 냉기에 그녀는 온몸을 덜덜 떨었다. 그녀는 분노했고, 또 두려워했지만 겉으로는 침착함을 잃지 않으려 애썼다. 하지만 단 한 가지는 도저히 참을 수 없었다. 벽 뒤, 기둥 뒤, 어디에서든 느껴지는 모노스타토스의 끈적한 눈길이었다. 파미나는 그 눈길이 소름 끼치게 싫었다.

노예들을 모두 밖으로 내보낸 후, 모노스타토스는 예의 추잡한 눈길로 파미나를 바라보았다. 지금 이 여자는 내 손아귀에 있어. 내 마음대로 할 수 있어. 그러니까 내가 주인이나 마찬가지다. 그는 파미나가 홀로 남겨졌다는 사실이, 보호의 손길이 닿지 않는 곳에 버려졌다는 사실이 믿어지지 않았다. 입가에 음흉한 미소가 번지고, 목구멍에서 낮은 웃음이 흘러나왔다. 한 걸음 또 한 걸음. 그의 발걸음은 조심스러웠지단 욕망만큼은 숨기지 못했다.

모노스타토스는 이제 때가 되었다고 생각했다. 노예들을 내보내고 무슨 일을 할지 계획을 모두 세워두었다. 파미나를 자기 것으로 만들 생각을 하니 미소가 절로 지어졌다. 이게 무슨 횡재야!

바로 그때 어떤 사내가 갑자기 궁 안으로 뛰어들어왔다. 모노스타토스는 자기 눈을 의심했다. 몸이 온통 깃털로 덮인 꼴이 꼭 괴물처럼 보였기 때문이다.

　"으악! 괴물이다!"

　저 깃털로 뒤덮인 존재가 자기를 벌주러 온 악마라고 생각한 모노스타토스는 그 길로 줄행랑을 쳐버렸다.

　모노스타토스가 '괴상한 존재'를 보고 도망치기는 했지만, 그 '괴상한 존재'였던 파파게노도 식겁하긴 마찬가지였다. 이제까지 살면서 머리부터 발끝까지 온통 시커먼 사람은 처음 보았기 때문이다. 파파게노는 이렇게 중얼거렸다.

　"하기야 세상에 까만 새도 있는데, 사람인들 없을까?"

　그때 파미나가 눈에 들어왔다. 밧줄로 묶여있었지만 아름다운 자태는 여전했다. 갑자기 들이닥친 불청객에 파미나가 조심스러운 목소리로 물었다.

"누구세요?"

"아, 여왕님께서 저를 보내셨습니다!"

파미나는 숨이 멎을 것 같았다. 반가운 마음과 두려운 마음이 동시에 들었다. 파파게노의 말은 까마득한 두려움 사이에 난 작은 문 같았다. 그 문틈으로 한 줄기 햇빛이 들어오는 느낌이었다.

"어머니가 보내셨다고요? 이름이 뭐예요?"

"파파게노라고 합니다."

"파파게노? 이전에 뵌 적이 없는 것 같은데……"

"저도 공주님을 뵌 적이 없습니다. 오래전부터 여왕님께 예쁜 새를 잡아다 바치는 일을 하고 있었어요. 오늘도 잡은 새를 바치려고 여왕님께 갔는데, 아니 글쎄, 갑자기 왕자라는 사람이 나타났지 뭐예요."

파파게노는 타미노가 시녀들을 만나 파미나의 초상화를 보고 한눈에 사랑에 빠졌다는 얘기와 밤의 여왕이 그런 왕자에게 그녀를 구해오라는 명령을 내렸다는 얘기를 전해주었다.

"그런데 왕자님은 어디 있나요?"

"저보고 먼저 가서 소식을 전하라고 하셨어요. 이제 곧 도착할 겁니다."

"그나저나 여기는 엄청 위험한 곳인데, 당신이 다칠까 봐 걱정이네요."

"그렇긴 하지요. 집에 못 갈 수도 있으니까."

"어머, 어떡해요? 아내가 기다릴 텐데……"

파미나의 말에 파파게노는 기가 찼다.

"아내라고요? 아내는커녕 이제까지 누구를 사귀어본 적도 없답니다. 저도 아직까지 이 모양 이 꼴로 사는 제가 한심해 죽겠어요. 그럴 때면 그냥 온몸의 깃털을 다 뽑아버리고 싶다니까요."

파미나는 파파게노를 찬찬히 바라보았다. 허풍 떠는 기질이 조금 있기는 하지만 근본적으로 나쁜 사람 같지는 않았다. 이 남자는 사랑을 갈구하고 있다. 돈과 권력이 아닌 사랑 말이다. 자고로 사랑을 갈구하는 남자치고 착하지 않은 사람이 없지. 이 세상 어느 화려한 것도다도 사랑을 최고로 여기니까.

파미나는 파파게노 곁에서 말없이 불빛을 바라보았다. 정적 틈에서 조용히 말을 꺼냈다. 마치 오래전부터 마음속에 품고 있던 진실을 꺼내듯 맑고 차분한 목소리였다.

"두 사람이 함께 있을 때, 서로를 사랑하게 되면, 그 마음은 하늘이 준 기쁨이 되지요."

파파게노가 고개를 끄덕였다. 평소에 진지한 구석이라고는 눈곱만치도 없는 그였지만 이 순간만큼은 진지해지고 싶었다.

"맞아요, 아가씨. 남자에게도 여자에게도 사랑은 꼭 필요하죠. 혼자서는 웃음도 노래도 의미가 없으니까요."

파미나는 미소 지었다. 그녀의 미소에는 연약함과 강인함이 함께 깃들어 있었다.

"사랑은 서로를 더 나은 사람으로 이끌어요. 두 사람이 손을 맞잡으면, 두려움도 슬픔도 함께 이겨낼 수 있죠."

그 말에 파파게노의 눈이 반짝였다. 그는 자신도 모르게 상상 속에서 작은 집을 떠올렸다. 지붕 아래 따뜻한 불, 함께 나누는 음식, 그리고 곁에 있는 누군가.

"그래서 저도 그런 사랑을 갖고 싶어요. 노래를 부를 때도, 잠들기 전에도, 누군가 제 곁에 있으면 좋겠어요."

이에 의기투합한 파파게노와 파미나는 사랑에 관해 함께 찬미했다. 그 노래는 위대한 맹세도, 불타는 열정도 아니었다. 서로 사랑하는 두 사람이 함께할 때 삶이 얼마나 따뜻해질 수 있는지를 담담히 말해주는 고백이었다. 노래를 부르는 파미나의 음성은 맑고 투명했고, 파파게노의 음성은 소박하고 인간적이었다. 이렇게 둘은 전혀 다른데도 불구하고 오묘한 조화를 이루었다. 그렇게 조화로운 노랫소리가 고요한 밤 가운데 잔잔히 퍼져나갔다.

파파게노를 먼저 보내고 자라스트로의 성으로 향하는 타미노 앞에 세 소년이 나타났다. 소년들은 소리 없이 허공에 떠오르듯 도습을 드러냈다. 그들은 황금빛과 은빛이 섞인 옷을 입고 있었다. 몸을 움직일 때마다 옷자락이 달빛에 씻긴 것처럼 은은히 반짝였다. 아직 세속의 때가 묻지 않은 앳된 얼굴, 나이를 가늠할 수 없는 맑은 눈동자. 아이의 몸을 하고 있으나 현자처럼 깊고 고요한 눈빛. 이들은 나이는 어리지만 지혜의 현신이었다. 타미노는 이들의 인도를 받으며 자라스트로의 성으로 걸음을 옮겼다.

　　어느덧 지혜의 사원 앞에 이르렀다. 지혜의 사원 옆에는 이성의 사원과 자연의 사원이 있었다. 소년들이 타미노에게 당부했다. "자. 이 길로 가면 목적지에 도착하게 될 겁니다. 젊은이여! 포부를 가지고 이겨내야 합니다. 그

려려면 우리 말을 명심해야 합니다. 끈기와 인내 그리고 침묵. 이 세 가지를 명심하세요. 절대로 이걸 어겨서는 안 됩니다."

이렇게 당부한 후 소년들은 사라졌다. 혼자 남은 타미노는 소년들이 신신당부한 말을 다시 한번 마음속에 새겼다. 끈기와 인내 그리고 침묵. 이 세 가지만 지키면 파미나를 구할 수 있는 걸까? 바람이 고요한 성벽을 스쳤다. 타미노는 고개를 들고, 자신이 들어선 길이 이제 막 시작되었음을 받아들였다.

문은 모두 셋이었다. 타미노는 우선 오른쪽 문으로 다가갔다. 문에 가까이 다가가자 보이지 않는 힘이 그의 가슴팍을 밀어내는 느낌이 들었다. 순간 그 안에서 소리가 들려왔다.

"물러서라!"

목소리는 낮고 분명했다.

"이 문이 아니라고? 그렇다면 왼쪽 문으로 가겠소."

하지만 그가 왼쪽 문으로 다가가자 역시 같은 소리가 들려왔다.

"물러서라!"

단호한 거부의 목소리를 듣고 타미노는 이곳이 힘으로 돌파할 수 있는 관문이 아니라는 걸 느꼈다.

마지막으로 그는 중간에 있는 문을 두드렸다. 문이 조용히 열렸고, 안에서 흰옷을 입은 사제가 나타났다. 오랜 수련을 통해 삶의 지혜를 터득한 듯 보이는 사려 깊은 얼굴이었다. 사제가 조용히 물었다.

"젊은이여, 무엇을 찾는가?"

잠시 침묵하던 타미노가 대답했다

"사랑과 미덕입니다."

"사랑과 미덕! 훌륭한 덕목이지. 그런데 어떻게 그것을 찾으려 하지? 마음속에는 죽음과 복수가 불타고 있는데."

사제가 타미노의 눈을 들여다보며 물었다. 그

의 마음을 다 꿰뚫어 보는 그윽한 눈빛이었다.

"악마에게는 복수가 답이지요."

"이곳에서는 그대가 말하는 악마를 찾을 수 없을 걸세. 지혜의 사원을 다스리는 자라스트로는 악마가 아니거든."

사제의 말에 타미노는 반발심이 생겼다. 아무런 죄도 저지르지 않은 처녀를 납치한 자가 악마가 아니면 무엇이란 말인가. 타미노의 눈에서 증오를 감지한 사제가 물었다.

"그대가 알고 있는 자라스트로는 어떤 자인지 말해보게."

사제의 질문에 타미노는 밤의 여왕으로부터 들었던 이야기를 떠올렸다. 그에게 자라스트로는 어머니가 보는 앞에서 죄 없는 딸을 납치해 간 폭군, 도와달라는 간절한 호소를 뿌리친 냉혈한 그 이상도 이하도 아니었다.

"자네가 아는 것이 전부는 아닐 걸세."

사제는 미소 지었다. 그리고 그렇게 자라스트

로를 증오하는 이유를 물었다.

"자라스트로가 파미나를 납치했기 때문입니다. 밤의 여왕이 말해주었어요. 자라스트로는 잔혹한 폭군이며, 자기 딸을 납치해서 감금한 악마라고요. 저는 그 말을 믿고 파미나를 구하겠다고 맹세했습니다."

"밤의 여왕이 하는 말을 어디까지 믿을 수 있을까? 자라스트로가 파미나를 데려온 건 사실이지만 그 너머에 또 다른 진실이 있다는 건 모를 걸세."

파미나가 납치되었다는 사실을 인정하는 사제의 말에 타미노는 조바심이 났다. 그 사악한 폭군이 파미나를 벌써 어떻게 한 것은 아닐까?

"지금 파미나는 어디 있나요? 벌써 악마의 제물이 된 건 아니지요?"

하지만 사제는 말할 수 없다고 했다. 침묵을 지키겠다고 서약했기 때문이라고 했다. 그리고 타미노가 자라스트로의 신전과 영원한 관계를

맺게 되었을 때 비로소 진실을 알게 되리라는 수수께끼 같은 말을 남기고 사라졌다.

홀로 남은 타미노는 절망에 빠져 소리쳤다.

"아! 밤이 영원히 끝날 것 같지 않구나. 언제 이 밤이 끝나 밝은 빛을 볼 수 있을까?"

그때 보이지 않는 곳에서 사제들의 목소리가 들려왔다.

"곧 볼 수도 있고, 영원히 보지 못할 수도 있다"

그 말에 타미노의 마음에 두려움이 엄습해 왔다. 만일 이 밤이 끝나지 않는다면 어떻게 될까? 영원히 파미나를 볼 수 없다면? 불길한 예감이 안개처럼 가슴으로 스며들었다. 파미나가 어쩌면 이미 악마의 제물이 되었을지도 모른다고 생각하니 가슴이 터질 것 같았다. 타미노는 목소리가 들리는 쪽을 향해 외쳤다.

"대답해 주시오. 파미나는 살아있소?"

잠시 정적이 흘렀다. 대답을 기다리는 시간이 마치 영겁처럼 길게 느껴졌다. 마침내 사제들의 목소리가 어둠 속에서 들려왔다.

"파미나는 살아있다!"

그 순간 타미노의 가슴을 짓누르던 긴장과 불안이 순식간에 녹아내렸다.

"파미나가 살아있구나!"

타미노는 온몸에 전율을 느꼈다. 이 세상 그 무엇과도 비교할 수 없는 찬란한 기쁨의 순간이었다. 그는 가슴에 품고 있던 마술피리를 꺼내 입술에 갖다 댔다. 피리에서 맑고 투명한 소리가 흘러나왔다. 그 소리가 은빛 물결처럼 공기를 타고 퍼져 숲의 가장 어두운 그늘까지 스며들었다. 피리가 만들어내는 선율은 단순한 음악이 아니었다. 그것은 분노와 두려움을 잠재우는 환희의 찬가였고, 세상 모든 생명체를 하나로 묶는 사랑의 노래였다.

그 순간 놀라운 일이 벌어졌다. 숲에 사는 동물들이 모두 튀어나와 피리 소리에 맞추어 춤을 추기 시작한 것이다. 토끼는 귀를 쫑긋 세운 채 리듬에 맞추어 폴짝거렸고, 사슴은 기다란 목을 천천히 좌우로 흔들며 느긋하게 리듬을 탔다. 여우는 꼬리를 부드럽게 흔들며 장난스러운 몸짓으로 원을 그렸고, 새들은 나뭇가지에서 날아올라 음악에 맞추어 날갯짓을 했다. 사납기로 유명한 사자조차 갈기를 늘어뜨린 채 천천히 몸을 움직였고, 겁 없는 쥐들은 앞발을 들고 가볍게 빙글빙글 돌았다. 그렇게 숲에서 거대한 춤의 향연이 펼쳐졌다. 동물들도 춤추게 하는 마술피리의 신비한 능력이 드러나는 순간이었다.

하지만 잔치는 여기까지. 피리 소리가 멈추자 동물들이 순식간에 사라지고 말았다. 또다시 혼자가 된 타미노는 조금 전의 즐거운 축제가 부질없게 느껴졌다.

"파미나도 없는데 이게 다 무슨 소용인가. 도대체 파미나를 어디서 찾을 수 있을까? 아니. 어쩌면 파파게노가 이미 파미나를 만났을지도 몰라. 그렇다면 내가 근처에 있다고 알려야겠다."

타미노는 혹시나 하는 마음에 피리를 불어보았다. 곧 어디선가 다른 연주가 들려왔다. 파파게노가 타미노의 피리 소리를 듣고 화답한 것이었다. 타미노는 뛸 듯이 기뻤다.

"아! 저건 파파게노가 연주하는 소리잖아. 파파게노가 파미나를 찾았구나. 그렇다면 두 사람이 서둘러 여기로 올 거야."

타미노의 바람대로 파파게노와 파미나는 자라스트로의 성에서 몰래 도망치고 있었다. 그들은 숨을 죽이고 궁 안쪽에 있는 낮은 회랑을 따라 달렸다. 숨이 턱까지 찼지만 멈출 수 없었다. 지금은 오로지 모노스타토스의 손아귀에서 벗어나는 것만이 최선이라는 생각에 앞뒤 가릴 것 없이 뛰었다.

"용기를 내서 재빨리 도망쳐야 놈의 계략에서 벗어날 수 있어. 자. 서둘러 도망가자! 빨리! 더 빠르게!"

"자. 서둘러 도망가자! 빨리! 더 빠르게!"

그때였다. 어둠 속에서 두 사람의 말을 그대로 따라 하는 소리가 울려 퍼졌다. 곧 모노스타토스가 감추었던 모습을 드러냈다. 그는 비열하게 웃었다.

"어이. 젊은이들! 또 만났군."

그의 눈이 도망치는 짐승을 발견한 사냥꾼처럼 번뜩였다. 파파게노와 파미나는 숨을 들이켰다. 희망이 한순간에 조각조각 깨졌다.

"감히 이 모노스타토스를 속여? 예의를 모르는 것들이군. 내가 예의가 뭔지 한 수 가르쳐주지. 얘들아! 이 여자를 밧줄로 묶어라!"

"이번엔 멀리 못 갈 거다."

파미나의 몸이 다시 밧줄로 묶였다. 그것을 본 파파게노는 이 절체절명의 위기를 빠져나갈 방법이 없을까 궁리했다. 바로 그 순간 시녀들이 준 마법의 종이 생각났다.

"아! 마법의 종이 있었지. 내가 왜 그동안 이 생각을 못 했을까?"

파파게노는 서둘러 종을 울렸다.

딸랑딸랑, 맑고 경쾌한 종소리가 밤공기를 가르며 퍼져 나갔다. 그 순간 모노스타토스는 몸이 말을 듣지 않는다는 것을 느꼈다. 자신의 의지와 상관없이 몸이 리듬을 타기 시작했다. 손에 쥔 채찍이 바닥으로 떨어지고, 몸이 종소리를 따라 춤을 추듯 경쾌하게 움직였다.

"아니, 내 몸이 왜 이래? 이게 무슨 일이지?"

이런 외침마저 곧 콧노래로 바뀌었다. 모노스타토스는 언제 화를 냈냐는 듯 종소리에 맞추어 춤을 추고 노래를 불렀다. 그를 따르던 하인들 역시 하나둘씩 웃음을 터뜨리며 춤을 추고 노래를 불렀다.

"종소리가 멋지구나! 이렇게 멋진 소리가 있다니! 라라랄라라라라 랄라랄라."

조금 전까지 공포에 휩싸였던 궁전 안뜰이 순식간에 우스꽝스러운 춤마당으로 바뀌었다. 파미나는 믿기지 않는다는 듯 눈을 크게 뜨고 파파게노를 바라보았다. 파파게노는 종을 계속 흔들며 어깨를 으쓱했다.

"이럴 때 쓰라고 준 거라니까요."

종소리가 한층 경쾌해지자 모노스타토스와 하인들은 서로 손을 잡고 원을 그리며 돌기 시작했다. 스스로 춤을 멈출 수 없는 것처럼 보였다. 그렇게 속수무책으로 종소리의 마법에 몸을 맡기고 있었다.

그 틈을 타 파파게노는 파미나의 손을 꼭 붙잡았다.

"지금이에요!"

두 사람은 소란 속을 빠져나와 어둠 속으로 몸을 숨겼다. 뒤에서는 여전히 종소리에 홀린 듯한 웃음과 노랫소리가 들려오고 있었다.

두 사람이 긴 회랑 끝에 이르렀을 때였다.

"자라스트로 만세! 자라스트로 만세!"

그 외침과 함께 여섯 마리 사자가 끄는 마차를 타고 자라스트로가 나타났다. 황금빛 의복을 입은 그의 눈빛은 엄숙하면서도 온화했다. 어디를 어떻게 보더라도 밤의 여왕이 말한 폭군처럼 보이지 않았다. 그 순간 파미나가 그 앞으로 나아가 무릎을 꿇었다.

"전하! 저의 죄를 고백할게요. 제가 전하의 궁에서 도망치려 했어요. 하지만 그건 제 탓이 아니에요. 사악한 모노스타토스가 저를 겁탈하려 했어요. 그래서 도망치려고 한 거예요."

파미나의 목소리가 떨렸다. 죄책감에 더는 말을 잇지 못한 채 고개를 숙였다. 자라스트로는 잠시 침묵했다. 꾸짖음보다 더 무거운 침묵이었다. 그는 천천히 파미나에게 다가와 부드러운 목소리로 말했다.

"일어나거라, 파미나. 그렇게 어두운 표정을 지을 필요가 없어. 네가 누구를 사랑하는지 다 알고 있단다. 묻지 않아도 다 알지. 네가 누구를 사랑하든 그건 자유지만 지금은 너를 풀어줄 수가 없구나."

"하지만 어머니가 걱정됩니다. 자식 된 도리로 어머니께 돌아가는 것이 맞는 것 같아요. 정말 그리운 어머니. 어머니는……"

파미나가 말을 채 마치기도 전에 자라스트로스가 단호한 목소리로 끊어냈다.

"오만한 여인이야. 네가 어머니에게 돌아가면 너는 더 이상 행복해질 수 없단다. 네 행복을 위해 잠시 너를 보호하고 있다고 생각하거라."

사실 파미나에게 자라스트로는 아버지 같은 존재였다. 어머니인 밤의 여왕이 집착이 심하고, 매사를 복수와 증오의 감정으로 대하는 반면 자라스트로는 항상 이성적이고 자비로운 마음으로 그녀를 대했다. 파미나를 소유하지 않으려 했고, 언제나 따뜻하게 품어주려고 했다. 그렇기 때문에 파미나는 자라스트로에게 일말의 죄책감을 느꼈다. 모노스타토스의 횡포가 아니었다면 아버지 같은 사람을 배신하고 도망치지는 않았을 텐데. 파미나는 진심으로 자라스트로에게 용서를 구했다.

　그때 거친 발소리가 돌바닥을 가르며 다가왔다. 모노스타토스가 타미노를 자라스트로 앞으로 끌고 온 것이다. 그는 마치 전리품을 갖다 바치듯 거칠고 의기양양한 목소리로 외쳤다.

　"이 건방진 놈! 이리 와봐. 바로 이분이 우리가 섬기는 자라스트로이시다!"

　타미노를 알아본 파미나의 입에서 낮은 탄성이 새어나왔다.

　"아, 타미노……!"

　타미노 역시 파미나를 한눈에 알아보았다. 밤의 여왕이 보여주었던 초상화 속 여인, 그의 마음을 단번에 사로잡았던 그 얼굴이 바로 눈앞에 있었다.

　"파미나!"

　속삭임처럼 그의 입술에서 그녀의 이름이 흘러나왔다. 그 한마디에 파미나가 그 앞으로 한 걸음 다가섰다. 타미노 역시 모노스타토스의 손을 뿌리치고 파미나에게 다가갔다. 그리고 약속이나 한 듯 서로를 껴안았다. 두 사람의 몸이 맞닿는 순간, 차가웠던 회랑의 공기가 따뜻하게 변하는 듯했다. 말없이도 서로의 마음을 알 수 있었다. 두려움 속에서도 꺼지지 않았던 사랑과 믿음이 이제는 분명한 현실이 되어있었다.

"지금 뭐 하는 짓이야? 당장 떨어지지 못해?"

보다 못한 모노스타토스가 두 사람을 억지로 떼어놓았다. 그러고는 자라스트로스 앞에 무릎을 꿇었다. 오래전부터 이 순간을 기다려왔다는 듯 숨을 가다듬고 입을 열었다.

"존귀하신 자라스트로여! 이자는 아주 뻔뻔한 자입니다. 새들을 미끼 삼아 파미나를 전하에게서 빼앗으려 했습니다. 물론 제가 뒤쫓아가서 다시 잡아오기는 했습니다. 제가 감시를 잘 해서……"

모노스타토스가 자화자찬을 늘어놓으려는 찰나 자라스트로스가 그를 가로막았다.

"그 공으로 월계관을 받게 될 것이야."

이 말에 모노스타토스는 어깨가 으쓱해졌다.

"여봐라! 이 공신에게 즉시……"

자라스트로의 말이 끝나기도 전에 모노스타토스가 말을 가로챘다.

"소정의 상금을 내리거라! 그리고……"

하지만 자라스트로의 이어지는 말이 등골이 오싹하게 했다.

"발바닥 77대를 때리는 상을 내리노라!"

파미나를 겁탈하려고 한 벌이었다. 기겁한 모노스타토스가 그런 상은 사양하겠다고 했지만 자라스트로의 조치는 단호했다.

"그런 상을 받아야 하는 것이 네 책임이야."

그때 멀리서 아름다운 합창이 종소리처럼 울려 퍼졌다.

"현명하신 자라스트로 만세! 그는 정당하게 상을 주고, 정당하게 벌을 내린다."

사제들이 양옆으로 도열하자 자라스트로가

명을 내렸다.

"두 나그네의 머리에 두건을 씌워서 시련의 사원에 들어가게 하라. 그 전에 두 사람의 몸을 정화하는 것도 잊지 말고."

타미노는 기꺼이 시련의 사원에 들어가기로 했다. 사실 자라스트로를 처음 보았을 때, 그는 혼란에 빠졌다. 밤의 여왕에게서 들은 설명과는 너무나 다른 모습이었기 때문이다. 물론 이 여정을 시작하던 무렵의 그는 밤의 여왕을 믿었다. 검은 하늘을 가르며 나타난 그녀는 고통과 위엄을 동시에 지닌 존재였다. 별빛처럼 차가운 눈동자, 절규에 가까운 목소리로 딸 파미나를 잃은 억울함을 호소하던 그 눈빛을 타미노는 의심하지 않았다. 슬픔에 잠긴 어머니의 눈물 앞에서 정의로운 행동이 무엇인지 너무도 분명해 보였다. 자라스트로는 무도한 납치범이자 폭군, 빛을 가장한 어둠의 군주였다. 타미노의 가슴에는 분노와 사명감이 불처럼 일어났다.

그러나 길 위에서 만난 순간들은 그 불길을 서서히 흔들어놓았다. 자라스트로의 영지로 가까이 갈수록 타미노는 설명하기 어려운 평온을 느꼈다. 높은 벽 안에서는 비명이나 쇠사슬 소리가 아니라 질서 정연한 발걸음과 낮고 깊은 노래가 들려왔다. 그 노래는 강요가 아니라 기도에 가까웠고, 두려움이 아닌 인내를 이야기하고 있었다. 타미노의 마음속에서 처음으로 작은 균열이 생겼다. 정말 이곳이 악의 소굴일까?

무엇보다도 파미나의 얼굴이 결정적이었다. 학대받은 포로의 얼굴이 아니라, 상처 속에서도 존엄을 잃지 않은 한 인간의 눈빛. 그녀의 눈은 밤의 여왕이 말한 이야기와는 다른 진실을 품고 있었다. 타미노는 그 눈빛 앞에서 자신이 얼마나 쉽게 분노에 몸을 맡겼는지를 깨달았다. 정의라 믿었던 감정이 사실은 연민과 복수심의 발로였음을 그는 조용히 인정했다.

마침내 자라스트로가 모습을 드러냈을 때, 타

미노는 그가 예상했던 폭군을 보지 못했다. 그의 앞에 선 이는 무거운 침묵과 함께 말을 고르는 자였다. 그의 목소리는 위협이 아니라 설득이었고, 심판이 아니라 기다림이었다. 밤의 여왕이 불처럼 내지르던 말들과 달리 자라스트로의 말은 돌처럼 단단하고 느렸다. 그는 즉각적인 복수를 약속하지 않았고, 대신 시련과 성찰을 제안했다. 그 결과 이제 타미노는 질문을 품은 한 인간으로서 지혜의 사원 앞에 서있었다.

사제들이 타미노와 파파게노의 머리에 두건을 씌웠다. 사방이 어둠으로 바뀌었다. 하지만 그 순간에도 마음속에서는 오히려 더 또렷한 빛이 깨어나는 것을 느꼈다. 그는 지금 이 길이 단순한 시험이 아니라 자신을 넘어서는 여정임을 분명히 느꼈다. 두건 아래에서 숨을 고르며 파미나를 떠올렸다. 두려움은 있었으나 그보다 진실에 이르고자 하는 갈망이 더욱 커다랬다. 그 갈망이 그를 더욱 고요하고 엄숙하게 만들었다.

반면 파파게노는 두건을 씌우자마자 불편한 심기를 드러냈다.

　'아니, 이건 내가 원한 게 아니잖아. 시련이라니! 나는 시련의 '시' 자도 싫어하는 사람이야.'

　하지만 이 생각은 입 밖으로 나오지 못했다. 무언가 알 수 없는 힘이 그의 가슴을 누르고 있었기 때문이다.

　사제들은 정화수가 담긴 은그릇을 들고 들어왔다. 그리고 두 사람의 손과 이마에 조심스럽게 물을 뿌렸다. 차가운 물방울이 얼굴에 닿는 순간 오랫동안 몸과 마음에 쌓인 먼지가 씻겨 내려가는 듯한 느낌이 들었다.

　두 사람이 시련의 사원으로 들어가는 동안 자라스트로를 찬양하는 합창 소리가 궁 안 가득히 울려 퍼졌다.

　"미덕과 정의가 온 세상에 충만해지는 날, 이 땅이 곧 천국이 되고, 인간들은 신과 같아질 것이다."

시험에 든 자들

⟡

타미노와 파파게노는 사원으로 떠났다. 한층 적막해진 종려나무 숲으로 자라스트로와 사제들이 들어왔다. 이들은 두 사람이 과연 이 시련을 잘 견딜 수 있을지 걱정하고 있었다. 검은 망토를 두른 사제들은 입술을 굳게 다물고 조용히 자라스트로를 바라보았다. 그의 입에서 무슨 말이 나올지 알 수 없었다. 드디어 자라스트로가 입을 열었다.

"이시스와 오시리스[*] 신의 충복들이여! 지금은 우리 시대의 가장 중요한 순간이라 할 수 있

---

* 고대 이집트 신화에 등장하는 부부 신으로, 마법과 모성(이시스), 죽음과 부활·저승의 심판(오시리스)을 상징한다. 오시리스가 살해된 후에 이시스의 힘으로 되살아났다는 신화로 유명하며, 생명과 재생, 영원의 질서를 상징하는 존재로 숭배되었다.

습니다. 타미노가 시련의 사원으로 들어와 어둠의 장막을 벗기고, 신성한 빛을 보기를 원합니다. 그를 지켜보고 우정의 손길을 내미는 것이 오늘 우리가 할 일입니다."

그러자 한 사제가 자리에서 일어나며 물었다.

"그가 덕망이 있습니까?"

"그렇소."

그러자 다른 사제가 물었다.

"침묵의 서약을 지키고 있습니까?"

"지키고 있소."

또 다른 사제가 마지막 질문을 던졌다.

"그는 선한 일을 합니까?"

"그렇소."

이렇게 자라스트로는 사제들 앞에서 타미노가 덕망 있고 신중하고 착한 젊은이라는 사실을 입증했다.

"우리가 섬기는 신들이 선하고 정숙한 파미나를 타미노에게 짝지어 주기로 결정했소. 그래서 파미나를 그 어머니에게서 빼앗아 온 것이오. 밤의 여왕은 스스로 위대하다고 자만하며 요술과 미신으로 백성들을 속여왔소. 더 나아가 우리의 신성한 사원을 파괴하려고 하고 있소. 타미노가 이 사원을 지켜줄 것이오."

지혜의 사원 깊숙한 곳, 밤과 낮의 경계가 사라진 듯 장엄한 신전에는 두 개의 거대한 신상이 있었다. 이시스와 이시리스의 신상이었다. 자라스트로가 제단 앞으로 천천히 걸음을 옮겼다. 제단 앞에 무릎을 꿇고, 기도를 올리기 시작했다. 낮고 깊은 기도 소리가 신전의 기둥과 천장을 타고 울려 퍼졌다.

"위대한 어머니 이시스여! 빛과 생명의 수호자 이시리스여! 시험에 든 두 영혼을 굽어살피소서. 그들의 마음에 지혜를 주시고, 거짓과 공포가 그들을 흔들지 못하게 하소서. 불과 물, 침묵과 고독의 시련 가운데에서도 서로를 잃지 않게 하소서."

그 순간 횃불이 크게 요동치며 신상의 얼굴을 비쳤다. 신들의 얼굴이 마치 살아있는 것처럼 보였다. 기도에 응답이라도 한 것일까. 자라스트로의 가슴에 이루 형언할 수 없는 감정이 밀려왔다. 자라스트로는 마지막 기도를 올렸다.

"그들의 길이 험하더라도 정의와 사랑을 따르는 발걸음이 파멸이 아닌 깨달음으로 이르게 하소서."

기도를 끝낸 자라스트로가 제단을 나섰다.

한편 두건을 쓴 타미노와 파파게노는 사제들의 안내를 받으며 어딘가에 도착했다. 사제들이 머리에 씌워두었던 두건을 벗겨낸 다음 바로 어디론가 모습을 감추었다. 시야를 가리는 것이 없는데도 두 사람에게는 아무것도 보이지 않았다. 그야말로 칠흑같이 어두운 밤이었다.

"파파게노. 자네 지금 옆에 있나?"

"물론이죠."

"우리가 있는 곳이 어디지?"

"글쎄요. 너무 어두우니 알 수가 있……"

바로 그 순간 천둥이 밤의 심장을 내리치듯 울부짖었다. 하늘이 갈라지고 번개가 쪼개진 은빛 칼날처럼 어둠 속에 번쩍였다.

"으악!"

파파게노가 비명을 질렀다.

"자네 무서운 건가?"

"무섭기는요. 그저 등골이 오싹할 뿐입니다."

그 순간 또다시 천둥이 울렸다. 지축을 흔드는 굉음이었다. 타미노와 파파게노는 이를 악물고 숨을 고르려 애썼다. 신전의 높은 벽과 숲 그림자가 뒤섞여 길인지 낭떠러지인지조차 분간할 수 없었다. 천둥이 한 번씩 울릴 때마다 심장이 오그라드는 것 같았다. 그러나 이 순간까지도 그들은 알지 못했다. 이 칠흑 같은 밤의 공포야말로 앞으로 다가올 시련의 시작이라는 것을.

그때 갑자기 횃불을 든 사제들이 그들 앞에 나타났다. 어둠 속에서 헤매다가 갑자기 밝은 불빛을 보니 구세주를 만난 것처럼 반가웠다. 사제들은 횃불로 두 사람의 얼굴을 비추며 물었다.

"이 성에 무엇을 가지고 들어오려고 하오? 성 안으로 들어오려는 이유가 있을 것 아니오."

이에 타미노가 대답했다.

"사랑과 우정의 감정입니다."

그러자 첫째 사제가 물었다.

"자네의 목숨을 걸고 싸워서라도 파미나를 데려가겠소?"

그 말에 타미노는 잠시 눈을 감았다. 어둠 속에서 파미나의 얼굴이 떠올랐다. 짧은 순간 스치듯이 보았음에도 불구하고 바로 눈앞에 있는 듯 선명했다. 자신이 택한 길이 자신이 진정으로 원하는 길이라는 사실을 깨달은 그는 고개를 들고 사제들을 똑바로 바라보며 대답했다.

"물론입니다."

"모든 시련을 견딜 수 있겠소?"

타미노는 한 걸음 앞으로 나섰다. 심장은 빠르

게 뛰었지만 목소리는 흔들리지 않았다.

"예, 어떤 고통이 따르더라도 시련을 견디겠습니다. 진실과 사랑을 위해 저 자신을 바치겠습니다."

서로 마주한 첫째 사제와 타미노가 맹세의 악수를 나누었다.

곧 사제들의 시선이 파파게노에게로 옮겨갔다. 파파게노는 두 손을 가슴에 꼭 붙인 채 서 있었다. 사제들과 타미노를 번갈아 가며 보는 눈이 불안하게 흔들렸다. 그가 속으로 중얼거렸다.

'시련이라니…… 배고프고 무서운 건 딱 질색인데 말이지.'

둘째 사제가 그에게 물었다.

"자네도 시련을 통해 지혜와 사랑을 얻고 싶은가?"

파파게노는 한발 물러서며 대답했다.

"아, 아니요. 저는 지혜 같은 건 바라지도 않아요. 제가 바라는 건 아주 단순해요. 그저 먹고 마시고, 토끼 같은 아내만 얻을 수 있다면 그걸로 만족입니다요."

"근데 자네에게는 아내가 없지 않나. 하지만 곧 아내를 맞게 될 거야."

그 말에 파파게노의 눈이 번쩍 뜨였다. 그는 반신반의하는 얼굴로 사제를 바라보았다.

"저, 정말입니까? 저 같은 사람에게도 아내가 생긴다고요?"

"우리가 제시하는 시험을 통과하면 생긴다는 이야기지."

조바심이 난 파파게노가 물었다.

"무슨 시험인데요?"

"우리가 제시하는 모든 규칙을 따라야 하고, 죽음도 두려워하지 않아야 해."

그 말에 파파게노가 손사래를 쳤다.

"아, 됐어요. 차라리 혼자 살고 말지."

"근데 자라스트로가 자네랑 꼭 닮은 아가씨를 신붓감으로 마련해 두었다면 어떻겠나?"

"닮았다고요? 젊어요?"

"물론 젊고 예쁘지."

파파게노가 조바심이 나서 물었다.

"이름이 뭐예요?"

"그러니까 이름이 뭐더라. 파파게…… 아, 파파게나."

"뭐라고요? 파파……?"

"파파게나라니까."

그 이름이 공기 속에 울리자 파파게노의 가슴이 쿵 하고 내려앉았다.

파파게나.

얼마나 경쾌한 이름인가. 새의 깃털처럼 가볍고 따뜻한 느낌이 들었다. 파파게노의 아내 파파게나라니. 세상에 이렇게 어울리는 이름이 또 있을까. 그는 한 번도 본 적 없는 파파게나의 모습을 머릿속에 상상해 보았다. 그녀와 함께 포도주를 마시고, 빵을 먹고 아이들을 기르며 함께 웃고 떠드는 모습을.

"지금 당장 파파게나를 만날 수 있나요?"

성질 급한 파파게노가 묻자 사제가 천천히 고개를 저었다.

"아니라네. 침묵을 지키는 시련을 견뎌야만 그녀를 만날 수 있다네."

"침묵을 지키라고요?"

파파게노는 순간 말문이 막혔다. 평생 수다쟁이로 살아온 그에게 침묵은 시녀들의 자물쇠만큼이나 무서운 형벌이었다. 그는 입술을 만지작거리며 중얼거렸다.

"말을 안 하고 어떻게 살죠?"

하지만 말 못 하는 고통이 평생 아내 없이 사는 고통보다 심할 것 같지는 않았다. 미래의 신부가 될 파파게나를 생각하니 용기가 생겼다.

"네, 하겠습니다. 해봐야지요. 침묵을 지키겠다고 약속할게요."

파파게노는 둘째 사제와 함께 약속을 다짐하는 악수를 나누었다. 첫째 사제가 타미노에게 올

곧은 목소리로 명령했다.

　"타미노! 그대에게 침묵을 지킬 것을 명하오. 앞으로 파미나를 만나겠지만 절대로 말을 하면 안 되오. 그 어떤 여자들과도 말이오. 이것이 시험의 시작이오."

　사제들은 다시 한번 특히 여자들을 조심하라고 당부했다. 그동안 많은 사람들이 그들의 함정에 빠져 침묵의 서약을 저버리고 파멸에 이르렀다고 경고했다. 사제들은 나중에 후회하고 빌어도 죽음과 절망을 피할 수 없다는 점을 강조한 다음 둘만 남겨둔 채 자리를 떴다.

　횃불을 든 사제들이 떠나자 주변에는 다시 칠흑같은 어두움이 찾아왔다.

　"이거 등불이라도 켜야지, 원. 어디 어두워서 살겠나."

　파파게노가 투덜거리자 타미노가 조용히 그를 타일렀다.

　"조용히 하게. 이게 신의 뜻이라고 생각하게."

이때 부드러운 웃음소리가 바람에 실려왔다. 허공에 반짝이는 얼굴들이 모습을 드러냈다. 밤의 여왕의 시녀들이었다. 그들은 달콤한 목소리로 속삭였다.

"아니, 어떻게 이렇게 무시무시한 곳에 있어요? 타미노! 파파게노! 어서 여기를 떠나요. 그러지 않으면 죽을 거예요."

그 말에 파파게노가 공포의 비명을 질렀다.

"안 돼, 안 돼, 안 돼. 죽는다니 너무하잖아."

그 순간 타미노의 머릿속에 여자들을 조심하라는 사제들의 마지막 경고가 떠올랐다.

"파파게노! 입 다물어. 다른 이들고 얘기하면 안 된다는 말 못 들었어?"

"그래도 우리 둘 다 죽는다잖아요."

파파게노는 안절부절못하고 있었다. 파파게노의 불안한 마음을 눈치챈 시녀들이 그를 더욱 몰아붙였다.

"여왕님께서 여기 와 계세요! 들키지 않고 사

원에 들어왔거든요.”

　파파게노는 밤의 여왕이 근처에 있다는 말에 사시나무 떨듯 떨기 시작했다.

　“뭐라고? 여왕이 왔다고?”

　파파게노의 손이 본능적으로 입 쪽으로 올라 갔다. 더 말하고 싶은 충동이 목까지 차올랐지만 그는 이를 악물고 고개를 저었다. 그 모습이 오히려 재미있다는 듯, 시녀들은 장난스러운 눈길을 보내더니 매혹적인 목소리로 말했다.

　“우리는 진실을 전하러 왔을 뿐이에요. 곧 여왕님의 저주가 두 사람에게 떨어질 거예요. 그대들은 사제들의 말에 속고 있는 거예요. 사람들이 수군거리는 소리 못 들었어요? 자라스트로가 그대들에게 한 약속이 헛된 것인지 어찌 알아요? 그러니 서약을 깨고, 말해요. 두려움을 털어놓으면 자유로워질 수 있어요.”

　그 말에 파파게노의 눈이 커졌다. 그는 타미노를 향해 제발 한마디만 하게 해달라는 무언의 신호를 보냈다. 하지만 타미노는 단호했다. 어둠 속에서 단단히 침묵을 지키고 있었다. 유혹에 쉽사리 넘어오지 않자 시녀들은 읍소와 협박 작전을 펴기 시작했다.

"타미노! 왜 이렇게 냉정하게 구나요? 우리가 당신을 뱀에게서 구해줬던 건 잊어버렸나 보죠? 이렇게 배은망덕할 수가 있나!"

타미노는 몸짓으로 얘기할 수 없다는 의사 표시를 했다. 시녀들은 점점 꾀어내려는 강도를 높여갔지만 두 남자의 침묵이 벽처럼 그들을 가로막았다. 시녀들의 얼굴에서 미소가 사라졌다. 달콤한 말을 속삭이던 입으로 이제는 실망과 분노가 담긴 저주를 쏟아냈다.

그때 사제가 나타나 신성한 신전을 더럽힌 시녀들에게 벌을 내렸다. 시녀들이 비명을 지르며 사라졌다. 그 광경을 본 파파게노는 너무나 놀란 나머지 그 자리에서 그만 기절하고 말았다.

첫째 사제가 시련을 무사히 이겨낸 타미노를

칭찬했다. 하지만 이것이 끝이 아니었다. 더 험난한 가시밭길이 그를 기다리고 있었다. 첫째 사제가 타미노와 함께 길을 떠나려고 하자 둘째 사제가 파파게노를 흔들어 깨웠다.

"일어나시오! 용감하게 나아가야지 뭐 이런 일로 기절까지 한단 말이오."

머쓱해진 파파게노가 투덜거렸다.

"신들이 나에게 파파게나를 준다고 했다면서요? 그런데 내가 왜 굳이 이런 시련을 견뎌야 하지요?"

하지만 이 말을 듣는 둥 마는 둥 둘째 사제가 갈 길을 재촉했다.

"자! 빨리 갑시다. 내가 길을 안내하겠소."

고독이란 형벌

✦

어둠이 내려앉은 회랑 끝에 모노스타토스가 홀로 서 있었다. 그의 눈에는 세상 사람들에 대한 원망이 가득했다.

'나도 사랑을 하고 사랑을 받고 싶어. 모두가 사랑하는 사람과 껴안고 뒹굴고 입을 맞추는데 나는 왜 그럴 수 없는 거지?'

이렇게 반문했지만 그는 알고 있었다. 다른 사람과 다른 피부색 그리고 추한 외형 때문이라는 것을. 그의 주변에는 보이지 않는 장벽이 있었다. 어느 누구도 그를 거들떠보지 않았다. 그도 사람인지라 다른 사람과 사랑을 나누고픈 욕망이 있었다. 다른 이가 보내는 따뜻한 시선, 두려움 없는 미소를 간절히 원했다. 누군가의 마음속에서 경계의 대상이 아니라 사랑의 대상이 되고 싶었다. 그러나 사람들의 웃음은 늘 그를 비켜가 다른 이들의 얼굴에 꽂히곤 했다.

'나에게도 심장이 있고, 나에게도 마음이 있어. 남들과 똑같이 두려움도, 외로움도 느낀단 말이야.'

모노스타토스는 가슴을 움켜쥐었다. 멸시 속에서 그를 길들인 외로움이 그의 어깨를 짓누르는 것만 같았다. 그는 악인이 되고 싶지 않았다. 다만 사랑받고 싶을 뿐이었다. 사랑받지 못한다는 억울함이 뒤틀린 욕망이 되어 그를 나쁜 사람으로 만든 것이다. 그 뒤틀린 욕망의 대상이 하필 파미나였다. 파미나의 환한 피부에 반한 그는 호시탐탐 그녀를 가질 기회를 노리고 있었다.

그런데 바로 지금 절호의 기회가 찾아왔다. 파미나가 달빛 아래에서 혼자 산책하는 모습을 발견한 것이다.

"아! 저기 파미나가 있구나! 저 피부 좀 봐. 어

쩌면 저리도 하얗고 아름다운가? 이참에 가서 입을 맞춰야겠다. 아! 달님! 부끄러우니까 잠시 자리를 피해주세요."

모노스타토스가 살금살금 파미나에게 다가 갔다. 그런 다음 파미나에게 입을 맞추려는 순간 갑자기 천둥 번개가 몰아쳤다. 화들짝 놀란 모노 스타토스가 고개를 들었다. 그의 눈앞에 밤의 여 왕이 나타났다.

"젠장! 방해꾼이 나타났네."

모노스타토스는 재빨리 어둠 속으로 몸을 숨 겼다. 불현듯 모습을 드러낸 밤의 여왕을 보고 파미나가 반가움과 두려움이 뒤섞인 소리를 질 렀다.

"아! 어머니!"

밤의 여왕은 화가 머리끝까지 난 모습이었다.

"내가 보낸 그 젊은이는 어디 갔느냐? 너를 구 하라고 보냈는데 지금까지 감감무소식이라니 화가 치미는구나."

“그는 사제들을 따라갔어요.”

“뭐라고? 사랑하는 여인을 구하겠다며 떠난 젊은이가 악마들하고 한패가 되었다니 기가 막히는구나. 그는 마주치지 않길 빌어야 할 거야. 내가 아주 끝장을 내버릴 테니.”

그녀의 얼굴은 얼음처럼 차가웠지만 가슴속에는 지옥 같은 분노가 끓어오르고 있었다. 밤의 여왕은 파미나를 바라보았다. 두 눈에는 사랑이 아니라 복수의 불꽃이 이글거렸다.

“파미나. 너는 아직도 네가 내 딸이라고 생각하느냐?”

여왕의 목소리가 매섭게 날이 서있었다. 파미나는 몸을 떨며 고개를 들었다. 어머니가 손에 칼을 쥐고 있는 것이 보였다. 순간 섬뜩한 느낌이 들었다. 달빛에 반사된 칼날의 날카로운 빛이 파미나를 향해 차갑게 웃고 있었다.

“이 칼을 받아라.”

파미나는 놀라서 뒤로 물러섰다.

"어머니, 이게 뭐예요?"

"쉿! 조용히 하거라!"

여왕의 목소리가 어둠을 가르며 날아들었다. 그녀는 파미나에게 칼을 내밀었다.

"이 칼로 자라스트로를 죽여라!"

여왕의 말을 듣고 파미나는 벌벌 떨었다.

"자라스트로가 내 권력을 빼앗고, 나를 조롱했다. 그는 빛과 지혜를 말하지만 사실 속은 위선으로 가득 찬 악마에 불과해."

여왕은 파미나의 손에 억지로 칼을 쥐여주었다. 차가운 금속의 감촉에 파미나는 심장까지 얼어붙는 듯한 공포를 느꼈다.

"이 칼로 그를 죽여라. 그 피로 내가 받은 모욕을 씻어주어라."

파미나의 눈에 눈물이 고였다. 자라스트로의 얼굴이 스쳐 지나갔다. 엄격하지만 잔인하지 않은 그 눈빛, 폭력이 아닌 질서를 말하는 그 목소리가 가슴에 울렸다. 그와 동시에 사랑을 위해 시련을 겪고 있는 타미노의 얼굴이 떠올랐다.

"저는 다른 사람을 죽일 수 없어요."

파미나가 떨리는 목소리로 말했다. 그 순간 밤의 여왕의 얼굴은 모르는 사람을 대하듯 차가워졌다.

"그렇다면 너는 더 이상 내 딸이 아니다."

여왕은 파미나에게 저주를 퍼부었다.

"네가 이 명령을 따르지 않는다면 너와는 영원히 인연을 끊을 것이다."

여왕의 저주가 비수처럼 파미나의 가슴에 꽂혔다. 파미나는 칼을 움켜쥔 채 흐느꼈다. 그녀의 마음은 어둠과 빛, 어머니와 진실 사이에서 요동치고 있었다. 여왕은 마지막으로 딸을 내려다보며 냉혹하게 속삭였다.

"선택해라. 네 어머니의 복수를 할 것인지, 영원히 버림받을 것인지."

말을 마치자마자 밤의 여왕은 천둥 번개와 함께 어둑한 허공으로 사라졌다.

파미나는 여전히 칼을 손에 쥔 채 망연자실한 표정으로 하늘을 바라보았다. 조금 전에 일어났던 일이 너무나 비현실적으로 느껴졌다.

어둠 속에서 이 모든 광경을 지켜보던 모노스타토스가 다시 모습을 드러냈다. 파미나의 손에서 칼을 휙 빼앗아 들었다.

"당신과 어머니를 살리는 길은 하나뿐이야."

파미나는 묘책을 가지고 있다는 모노스타토스의 말을 기대를 가졌다. 사람을 죽이지 않으면서도 어머니와 인연을 유지할 수 있다면 이보다 더 좋은 일이 있을까?

"어떤 길인데?"

파미나가 묻자 모노스타토스가 장난스럽게 웃으며 대답했다.

"당신이 나를 사랑하는 것."

기가 막히는 소리였다. 파미나가 실소를 터트렸다. 하지만 모노스타토스는 포기하지 않고 계속 물었다.

"자! 아가씨! 가타부타 말을 해줘야지. 나를 사랑할 건지 아니면 영원히 어머니로부터 버림받을 건지."

파미나가 무어라 대답하기도 전에 자라스트로가 나타났다. 모노스타토스는 자기 손에 쥐어진 칼을 보고 자라스트로가 오해할까 봐 전전긍긍했다.

"전하! 저는 결백합니다."

"알고 있다. 그만 물러가라."

파미나는 자라스트로 앞에서 고개를 들지 못했다. 어머니의 부탁을 거절하기는 했지만 이미 죄를 지은 듯 괴로웠다. 그러면서도 자식으로서 어머니가 벌을 받을까 두려웠다. 파미나는 눈물을 흘리며 간청했다.

"어머니를 용서해 주세요. 저를 잃고 괴로운 나머지 잠시 이성을 잃은 것 같아요. 나쁜 마음을 품기는 했지만 그래도 제 어머니입니다. 그러니 부디 어머니를 벌하지 말아주세요."

신전의 불빛이 잠시 흔들렸다. 자라스트로가 파미나 앞으로 다가왔다. 그리고 인자한 목소리로 말했다.

"얘야. 걱정하지 말거라. 이 신성한 전당에서는 복수라는 단어가 쓰이지 않는단다. 친구가 쓰러지면 사랑으로 그를 일으켜 세우고 행복의 나라로 인도해 주지. 모두가 서로 사랑하고, 다른 이를 배신하지 않고, 원수까지도 사랑하게 만든단다. 우리는 원수를 벌하지 않아. 그를 형제로 만들 뿐이지."

자라스트로는 복수는 또 다른 증오를 낳을 뿐이라는 걸 잘 알고 있었다. 바로 그 증오 때문에 인간이 끊임없이 죄를 짓고 벌을 받는 것이라고 생각했다. 그렇기에 그는 칼을 들지 않았다. 그는 분노를 잠재우는 더 강한 힘은 이성과 사랑, 용서에서 나온다고 믿었다. 그래서 스스로 심판자가 되기를 거부했다. 대신 인간이 다른 인간을 파괴하는 어둠의 고리를 끊고, 더 높은 도덕의

빛으로 나아가도록 이끄는 안내자 역할을 맡기로 결정했다.

"네가 어머니에게 보여준 사랑과 용서의 마음이 언젠가 그녀의 밤에 빛을 가져올 수도 있지."

자라스트로의 말에 파미나는 조용히 고개를 끄덕였다. 새로운 희망의 빛이 아른거렸다. 자라스트로가 어머니에게 복수할 마음이 전혀 없다는 사실을 알고 나니 어깨를 짓누르던 고통이 한순간에 사라진 느낌이었다. 그녀는 적을 용서하는 것이 적을 응징하는 가장 강력한 무기라는 말이 지닌 역설에 관해 생각했다. 세상을 움직이는 것은 증오와 복수가 아니라 사랑과 용서라는 사실을 알게 된 것이다.

사랑이 침묵할 때

다시 시련을 이어가던 타미노와 파파게노가 사제 두 사람과 함께 신전에 이르렀다.

"두 사람을 여기에 두고 가겠소. 떠나기 전에 한마디 해두지. 다시금 침묵의 수행이 시작되니까 절대로 말을 하면 안 되오. 명심하시오."

사제들이 떠나자 파파게노가 투덜거렸다.

"말하지 말라니. 이게 무슨 고문이람!"

"쉿."

타미노가 손가락을 입에 가져다 대며 말하지 말라는 신호를 보냈다. 파파게노는 곧 입을 다물었지만 마음속에는 말들이 새처럼 이리저리 날아다니고 있었다. 방금 전까지만 해도 아무렇지 않게 웃고 떠들었는데, 이제는 한마디 소리조차 허락되지 않는다는 사실이 믿기지 않았다. 파파게노의 혀가 입안에서 사정없이 춤을 추었다. 그러다 더 이상 참지 못하고 말을 내뱉었다.

"이제까지 인생이 상팔자였지 뭐야. 여기가 내 오두막이 있는 숲이라면 얼마나 좋을까? 새들이 지저귀는 소리도 들을 수 있을 텐데."

"쉿!"

타미노가 또다시 파파게노의 입을 막았다. 머쓱해진 파파게노는 인간이 지루할 때 할 수 있는 온갖 행동을 다 하기 시작했다. 눈썹을 잔뜩 치켜올리고 입을 벌렸다가 다무는가 하면 손을 허공에 대고 허우적거리다가 입꼬리를 실룩거리기도 했다. 그 모습이 마치 누군가와 대화를 나누는 것처럼 보였다. 침묵은 그에게 벌이자 고문이었다. 그에게 말이 없는 세상은 새가 없는 세상과 똑같았다.

"혼자 말하는 건 괜찮지 않나요? 어쩌면 우리 둘은 말을 해도 괜찮을 거예요. 둘 다 남자니까요. 여자들 앞에서만 침묵을 지키라고……"

"쉿!"

타미노가 한심해 죽겠다는 눈빛으로 파파게노를 쏘아봤다. 하지만 파파게노는 이런 그가 이해되지 않았다. 아무리 짧은 시간이라고 할지언정 말을 한마디도 하지 않을 수 있단 말인가? 타미노는 마치 오래전부터 침묵을 벗 삼아온 사람 같았다.

'저 사람은 어떻게 저렇게 가만히 있을 수가 있지? 나 같으면 벌써 노래 한 곡조라도 뽑았을 텐데 말이야.'

파파게노는 속으로 이렇게 생각하며 한동안 입을 다물었다. 하지만 몇 초가 채 지나기도 전에 입이 근질거리기 시작했다.

"물 한 방울도 못 얻어먹는데 다른 건……"

그때 바람결을 타고 누군가 다가오는 소리가 들렸다. 허리가 굽고 얼굴에 깊은 주름이 팬 노파가 커다란 물통을 들고 걸어오고 있었다. 지팡

이를 짚고 한 발 한 발 내딛는 발걸음이 바람에 쓰러질 듯 위태로워 보였다. 움직일 때마다 걸레처럼 너덜너덜한 치맛자락이 바닥에 끌리는 소리가 났다.

"이거 받아요. 내 사랑!"

노파가 그에게 잔을 내밀었다.

"어이, 할멈! 이거 내 잔인가?"

"그렇다네. 내 사랑!"

노파가 파파게노를 바라보며 웃었다. 노파가 준 잔에는 물이 담겨있었다.

"나 마시라고 주는 건가?"

"물론이지. 내 사랑!"

노파가 쉽게 꺼내는 '내 사랑'이라는 말이 파파게노의 신경을 긁었다.

"아니. 아까부터 자꾸 내 사랑 내 사랑 하는데, 내가 왜 할멈 사랑이오? 나보다 오십 살은 더 늙어 보이는구먼."

파파게노는 노파가 노망이 났다고 생각했다.

그래서 그 말은 무시하기로 했다. 사실 말동무가 필요한 파파게노로서는 지금 찬밥 더운밥을 가릴 처지가 아니었다. 내 사랑이라는 말에 살짝 기분이 상하기는 했지만 깊은 산속에서 말동무를 만나니 그렇게 반가울 수가 없었다.

"좋아요. 할멈! 이리 와서 앉아요. 물통을 들고 여기까지 오느라 힘들었을 텐데 쉬어요지."

노파가 파파게노에게 바싹 다가앉았다. 그리고 파파게노에게 의미심장한 미소를 보냈다.

"여기서는 시간이 너무 안 가는구려. 세월이 화살 같다더니 여기서는 그것도 아닌 것 같아. 그나저나 할멈은 몇 살이오?"

그러자 노파가 20대 처녀처럼 몸을 비비 꼬며 대답했다.

"열여덟 살하고 2분이지."

"뭐? 나이가 열여덟 살 2분이라고?"

"그렇다니까."

노파가 천연덕스럽게 웃으며 대답했다. 그 순

간 파파게노의 머릿속에 온갖 복합적인 감정들
이 소용돌이쳤다. 놀랍기도 하고, 어이가 없기도
하고, 화가 나기도 했다. 파파게노는 다시 한번
노파를 위아래로 훑어보았다. 깊게 팬 주름, 떨리
는 손, 삐걱거리는 무릎 등 아무리 어리게 봐도
아흔 살은 족히 되어 보였다.

천연덕스럽게 거짓말을 하는 노파에게 파파
게노가 물었다.

"열여덟 살하고 2분 지난 아가씨! 물론 애인은
있겠지?"

"있고말고."

"애인도 할멈만큼 젊은가?"

"아니야. 나보다 열 살 많아."

"열 살 많다고? 황혼의 로맨스군. 그런 노인네
둘이 있으면 참 볼 만하겠네. 하기야 나이가 무
슨 상관이야. 마음만 젊으면 되지."

파파게노는 속으로 신을 원망했다. 이렇게 늙
은 할멈에게도 짝이 있는데, 이 나이 되도록 애

인 한 번 사귀지 못한 자기 신세가 그렇게 처량할 수가 없었다.

"그런데 할멈보다 열 살 많다는 그 애인의 이름은 뭔가?"

"파파게노!"

"파파게노라고? 허, 나랑 이름이 똑같네. 이런 우연이 있을 수 있나. 그래 그 파파게노라는 애인은 지금 어디 있소?"

"지금 내 옆에 앉아있잖아."

그 말에 파파게노가 화들짝 놀라서 외쳤다.

"아니. 뭐, 뭐, 뭐라고? 내가 할멈 애인이라고?"

"그렇다니까. 내 사랑!"

노파가 알듯 말듯 묘한 미소를 지으며 대답했다. 짜증이 난 파파게노는 자리에서 벌떡 일어나 정신 차리라는 듯 노파의 얼굴에 물통에 담아둔 물을 뿌렸다. 그리고 떨리는 목소리로 물었다.

"할멈 이름이 뭔가?"

"내 이름은…… 파파게나!"

수수께끼 같은 말을 남기고 노파는 사라졌다.

이때 높은 곳에서 맑고 투명한 목소리가 들리더니 세 소년이 나타났다. 소년들은 마치 꿈에서 걸어 나오는 것처럼 가볍게 공중을 미끄러지듯 내려왔다. 한 소년의 손에는 마술피리가, 다른 소년의 손에는 마법의 종이 들려있었다. 소년들이 땅에 발을 딛자마자 진수성찬이 차려진 밥상이 떡하니 나타났다.

"자라스트로 님의 나라로 오신 걸 다시 한번 환영합니다. 그분께서 마술피리와 마법의 종을 돌려보내셨어요. 그리고 여기 차린 음식은 먼 길을 떠나는 두 분을 위해 저희가 특별히 준비한 만찬입니다. 마음껏 드세요."

마술피리를 되찾은 타미노는 자라스트로에게 마음속으로 깊이 감사했다. 이 피리는 단순한 악기가 아니라 시련 속에서 그의 순수한 의지와 진실한 사랑을 지켜줄 동반자이기 때문이다. 그는 소년들을 향해 고개를 숙였으나 침묵의 규율을 지키기 위해 아무 말도 하지 않았다.

세 소년은 두 사람의 반응을 잠시 지켜본 뒤 마지막으로 당부의 말을 남겼다.

"우리가 세 번째로 만날 때, 두 분은 용기에 대한 보상을 받을 겁니다. 타미노! 힘내세요. 목표가 가까워졌어요."

말은 많지 않았으나 그들이 내뱉는 한마디 한마디는 돌처럼 단단하고 물처럼 맑았다. 감정에 흔들리지도 욕망에 치우치지도 않았다. 그들의 언어에는 언제나 절제가 있었고, 그 절제 속에는 따뜻한 연민이 숨 쉬고 있었다. 소년들은 파파게노에게 시선을 돌렸다.

"파파게노! 당신에게 특별히 당부할 말이 있어요. 무슨 일이 있어도 반드시 침묵을 지켜야 합니다. 이 말을 명심하세요."

이 말을 마지막으로 소년들은 빛 속으로 스며들 듯 사라졌다.

소년들이 떠나자마자 파파게노는 기다렸다는

듯 온갖 종류의 음식이 차려진 상으로 달려갔다. 눈앞에 차려진 진수성찬을 보고 파파게노는 입을 다물지 못했다. 수많은 음식 중에서 파파게노의 눈에 가장 먼저 들어온 것은 빵이었다. 얼마나 맛있어 보이는지 보기만 해도 군침이 돌았다. 겉은 바삭하고 속은 촉촉하게 구워진 빵에서는 입맛을 당기는 냄새가 났다. 그 냄새가 파파게노의 식욕을 자극했다. 참지 못하고 황급히 손을 뻗어 빵을 집으려는데, 타미노가 눈에 들어왔다. 이렇게 맛있는 음식을 혼자 먹을 순 없다고 생각한 그가 타미노를 불렀다.

"왕자님! 이리 와서 함께 들죠! 아주 진수성찬을 차려놓고 갔다니까요. 세상에서 이렇게 화려한 음식상은 난생처음 받아봅니다."

하지만 타미노는 음식은 거들떠보지도 않은 채 피리만 불고 있었다.

"이런 음식을 마다하다니 이유를 모르겠네. 싫으면 할 수 없지. 나 혼자 먹는 수밖에. 왕자님은 계속 피리나 부시오."

파파게노는 차려진 음식들을 하나씩 먹어치우기 시작했다. 새로운 음식을 먹을 때마다 입안에서 그동안 경험해 보지 못했던 황홀한 미각의 세계가 펼쳐졌다. 얼마나 행복하던지 침묵의 시련에서 겪었던 고통을 음식으로 보상받는 느낌이었다.

"이렇게 맛있는 음식을 먹을 수 있다면 그까짓 침묵의 시련쯤이야 얼마든지 견딜 수 있어. 아니, 평생 말 안 하고도 살 수 있다니까."

빵과 고기, 과일로 어느 정도 배를 채우고 나니 이번에는 와인이 눈에 들어왔다.

"아! 맞아. 와인을 잊고 있었네. 싸구려라도 와인 없이는 하루도 못 사는데 말이야."

유리잔에 담긴 와인은 루비처럼 깊고 투명한 붉은색을 띠고 있었다. 잔을 코에 가까이 대자 와인 특유의 향긋한 향이 무지개처럼 퍼져나갔다. 조심스럽게 잔을 들어 한 모금 마셔보았다.

향긋하고 상쾌한 과일의 생기가 입안 구석구석을 적셨다. 화려한 맛은 아니었다. 차분히 곁에 머무는 향긋함으로 기억되는 향미, 고요한 밤, 희미한 불빛 아래에서 천천히 시간을 마시듯 즐기기에 좋은 와인이었다.

"어느 술집에서도 이런 와인은 마셔본 적이 없어. 이렇게 고급스러운 와인이라니! 신들의 술이 바로 이런 것이구나!"

그때 갑자기 타미노의 피리 소리가 멈췄다. 파미나가 그의 연주를 알아듣고 찾아온 것이다. 타미노를 마주한 파미나는 반가워서 어쩔 줄 몰랐다.

"아! 타미노! 여기 있었군요. 얼마나 찾았는지 몰라요. 피리 소리를 듣고 달려왔어요."

타미노도 속으로는 파미나가 얼마나 반가웠는지 모른다. 하지만 수행을 하고 있었기에 아무런 말도 할 수 없었다. 두 사람이 함께 있는 시간이 길어질수록 침묵에서 비롯되는 오해가 깊어

질 것 같았다. 그래서 그녀에게 눈짓으로 가라는 신호를 보냈다.

"왜 아무 말도 안 하세요? 제게 화가 났나요? 아니면 사랑이 식어버린 건가요?"

불안해진 파미나가 숨 가쁘게 물었지만 타미노는 묵묵부답이었다. 파미나는 이 상황을 이해할 수 없었다. 졸지에 문전박대를 당한 느낌이었다. 자라스트로의 성에서 처음 만났을 때는 그렇게 다정하더니 지금은 아예 딴사람이 되어 자신을 외면하는 타미노를 보고 파미나는 가슴이 무너져내렸다.

"파파게노! 말해줘요. 왕자님이 왜 나에게 아무 말도 하지 않는 거지요? 이제 나를 사랑하지 않나요?"

파미나는 수다쟁이 파파게노에게는 무슨 말이라도 들을 수 있으리라고 기대했다. 하지만 그도 자물쇠를 채운 듯 빵을 입에 가득 물고 알 수 없는 소리만 냈다. 막막한 파미나가 파파게노를 닦달했지만 사실 답답하기는 파파게노도 마찬가지였다. 타미노와 함께 침묵 수행 중이었기 때문이다. 타미노가 그랬던 것처럼 파파게노가 여기를 떠나라는 눈짓을 보내자 누구에게도 대답을 듣지 못한 파미나는 절망했다. 어머니도, 타미노도, 그 누구도 파미나를 진정으로 사랑하지 않는다는 생각에 숨이 막힐 듯이 두려워졌다.

"뭐라고? 파파게노, 너마저? 이제 타미노의 사랑이 식었단 말이지? 아, 이건 죽음보다 더 가혹한 거야."

파미나는 아무도 없는 숲속에 홀로 버려진 느낌이었다. 처음 만난 순간부터 그토록 다정하고 따뜻한 미소를 보냈던 타미노는 이제 저 멀리 사라지고 없었다. 그가 남긴 것은 차가운 침묵뿐이었다. 이유라도 묻고 싶었으나 그는 아무 말도 하지 않았다. 타미노가 눈길조차 주지 않은 채 등을 돌리는 순간 비로소 깨달았다. 사랑이 자신을 떠나고 있다는 것을.

가슴속에서 무언가가 천천히 무너져 내렸다. 심장은 아직 뛰고 있었지만 그 박동은 더 이상 희망을 노래하지 않았다. 파미나는 사랑의 기쁨이 영원히 사라지고, 환희의 시간이 다시 찾아오지 않을 것이라는 사실에 흐느꼈다.

타미노의 얼굴이 눈물 속에 어른거렸다. 처음 만났을 때의 떨림, 서로의 이름을 부르며 나눈 수줍은 미소, 짧지만 강렬했던 포옹의 순간. 그 모든 기억이 이제는 날카로운 가시가 되어 그녀의 마음을 찔렀다. 사랑이 존재하기에 이토록 아픈 것일까, 아니면 사랑이 사라져 가기에 더는 살아갈 이유조차 잃은 것일까.

파미나는 고개를 떨구었다. 눈물이 소리 없이 흘러내려 옷자락을 적셨다.

"타미노! 나를 보세요! 당신 때문에 내가 이렇게 울고 있어요. 두 뺨에 흘러내리는 이 눈물을 보세요."

파미나는 떠나버린 타미노에게 외쳤지만 그

외침은 공허한 메아리가 되어 돌아왔다. 세상은 여전히 빛과 질서로 가득했지만, 그녀의 내면은 깊은 심연에 잠겨버렸다. 타미노가 침묵 수행 중이라는 사실을 까맣게 몰랐던 그녀는 버림받았다고 생각했다.

사랑 없는 삶을 생각해 보았다. 파미나에게 그건 죽음이나 마찬가지였다. 숨을 쉬고 있어도 살아 있다고 말할 수 없는 상태, 심장이 뛰어도 더 이상 생명을 느낄 수 없는 상태와 다름없었다. 앞으로 그런 삶을 살아갈 생각을 하니 눈앞이 캄캄했다. 마음은 바닥이 보이지 않는 절망의 수렁으로 가라앉았다.

가장 어두운 밤

깊은 밤, 이시스와 오시리스 신전에 흰옷을 입은 사제들이 하나둘씩 모여들었다. 신전의 돌기둥 사이로 신비로운 향이 은은히 피어오르고, 흔들리는 불빛이 사제들의 옷자락에 잔잔한 파문을 일으켰다. 사제들은 타미노가 기꺼이 시련에 동참하게 된 일을 축하하기 위해 이 자리에 모였다. 사제들은 한 목소리로 신들에게 간청했다. 아직 미숙한 젊은 영혼들에게 지혜의 길을 보여달라고, 두려움에 흔들리는 마음에 굳건한 용기를 허락해 달라고. 시련의 불과 물 앞에서 그들이 물러서지 않도록 진실을 향한 발걸음이 흔들리지 않도록 지켜달라고.

곧이어 타미노가 신전으로 들어섰다. 자라스

트로가 타미노에게 말했다.

"타미노! 자네는 지금까지 참 용기 있고 늠름한 태도를 보여주었네. 이제 두 가지 위험한 길을 걸어야 하네. 하지만 두려워하지 말게. 신들이 자네와 함께할 테니까."

그런 다음 자라스트로는 파미나를 데려오라고 했다. 갑자기 불려 온 파미나는 상황이 어떻게 돌아가는지 알지 못했다. 그녀를 외면하고 떠난 타미노가 이곳에 있다는 말은 믿기지 않았다.

"여기가 어디예요? 그리고 타미노가 여기에 있다고 하셨나요?"

"작별 인사를 하려고 기다리고 있단다."

자라스트로의 말에 파미나는 깜짝 놀랐다. 타미노가 어디 멀리 떠난단 말인가? 아무리 버림받았다 할지라도 그래도 마음속에 그가 돌아올지도 모른다는 한 가닥 희망이 있었다. 그런데 작별이라니! 영원히 못 볼 수도 있다니! 파미나의 가슴이 무너져 내렸다. 자라스트로가 다정한 목소리로 그녀를 달랬다.

"걱정하지 말거라. 두 사람이 곧 기쁘게 다시 만나게 될 거야."

하지만 파미나는 이 말을 믿을 수가 없었다.

"위험한 길을 떠나는 게 아닌가요?"

"신들이 나를 지켜줄 거요."

묵언 수행을 마친 타미노가 마침내 입을 열어 그녀를 안심시켰다. 그래도 파미나는 그의 손을 놓지 못하고 있었다. 알 수 없는 불안이 엄습해 왔다.

"가지 말아요, 타미노."

파미나가 거의 애원하는 목소리로 말했다.

"시련을 통과해 온 거잖아요. 당신은 이미 충분히 용감했어요. 나를 위해, 아니. 우리를 위해 더 이상 위험을 감수할 필요는 없어요. 신들이 정말 자비롭다면, 당신에게 이런 시험을 요구하지는 않을 거예요."

타미노는 잠시 침묵한 다음 나지막한 목소리

로 단호히 이야기했다.

"파미나! 이 길은 내가 선택한 길이오. 영광이나 명예 때문이 아니라 진실을 알고 당신과 함께 빛 속에 서기 위해서 선택했소. 두려움이 없는 건 아니지만 바로 그 두려움을 넘어서야만 우리가 원하는 삶에 이를 수 있다오."

파미나의 눈에 눈물이 고였다. 그녀는 고개를 저었지만 타미노의 시선에는 흔들림이 없었다.

"불길한 예감이 들어요. 당신이 죽을 것만 같아요. 그리고 나를 사랑한다면서, 어떻게 그렇게 담담할 수가 있죠? 나를 두고 가는 게 괴롭지 않아요?"

그는 딱 잘라내듯이 대답했다.

"나는 반드시 살아서 돌아올 거요. 하지만 지금은 가야 하오."

힘차게 뛰는 타미노의 심장 소리가 파미나의 귀에도 들렸다.

"어서 가거라. 때가 되면 다시 만날 거야."

자라스트로가 엄격한 목소리로 타미노에게 빨리 떠나라고 재촉했다. 그 순간 파미나는 이별을 피할 수 없음을 깨달았다. 그래서 마지못해 타미노와 작별 인사를 나누었다.

　"꼭 돌아와요, 타미노!"

　그에게서 다른 약속은 돌아오지 않았다. 타미노는 더는 지체할 수 없다는 듯 자리를 떠났다. 그 뒤를 파파게노가 다급하게 따라갔다. 몸을 덮고 있던 깃털이 휘날리고, 손에 쥔 방울이 달그락 소리를 냈다.

　"타미노! 타미노! 나를 버리고 갈 건가요?"

　허둥지둥 타미노의 뒤를 따라가던 파파게노는 타미노가 방금 들어간 문 앞에 이르렀다. 얼른 따라 들어서려던 그때 어둠 속에서 낮고 엄숙한 목소리가 들려왔다.

　"물러서라!"

　파파게노는 움찔하며 물러섰다.

　"오! 하느님! 어디로 가야 하는지 알려주세요.

들어온 문으로 다시 나가란 말인가요?"

파파게노는 몸을 돌려 자기가 들어왔던 문으로 다가갔다. 그런데 이번에도 같은 목소리가 들려왔다.

"물러가라!"

진퇴양난에 빠진 파파게노가 울며 소리쳤다.

"이 문도 안 되고, 저 문도 안 되고 그럼 나는 어쩌라고요?"

그때 첫째 사제가 나타났다.

"이 한심한 인간아! 그동안 한 행동을 보면 자네는 영원히 어두운 골짜기를 헤매도 싸. 다행히 자비로운 신께서 벌을 면해주셨지만 천국의 신성한 행복은 죽었다 깨어나도 못 누릴 거다."

"맞아요. 세상에 저 같은 인간이 어디 한둘인가요? 저같이 평범한 사람에게는 천국에 보내준다는 뜬구름 잡는 얘기보다는 향긋한 와인 한 잔이 훨씬 큰 행복을 가져다주지요."

그 말이 끝나자마자 붉은 포도주가 담긴 커다

란 잔이 땅에서 올라왔다. 잔에는 깊고 짙은 붉은빛의 와인이 담겨있었다. 파파게노는 자기 눈을 의심했다. 말이 끝나기가 무섭게 와인이 땅에서 솟아오르다니!

"오! 신이시여! 새잡이 파파게노를 잊지 않으셨군요!"

파파게노는 잔을 두 손으로 받들어 들고 조심스럽게 한 모금 마셨다. 파파게노의 얼굴에 금세 천진한 미소가 번졌다.

"아아, 바로 이 맛이야! 와인 한 잔에 세상이 이렇게 아름다울 수 있다니!"

와인 한 잔에 행복해하는 파파게노를 보고 첫째 사제가 물었다.

"자네 다른 소원은 없는가?"

그 말에 파파게노가 혼잣말로 중얼거렸다.

"왜 소원이 없겠어요. 와인에 비할 수 없을 정도로 간절히 바라는 것이 있지요."

파파게노의 간절한 소원은 사랑을 나눌 수 있

는 여자와 만나는 것이었다. 꼭 결혼을 하겠다는 얘기는 아니다. 연애만 하더라도 상관없었다. 젊은 처녀든 아내든 옆에 함께할 여자가 있는 것이 그의 소원이었다. 하루의 끝에 나란히 앉아 웃을 수 있는 사람, 불을 피워 따뜻한 집을 함께 지킬 누군가면 충분했다. 와인 잔을 서로 나누며 노래를 흥얼거리고, 작은 오두막에서 서로의 이름을 부르는 그런 삶, 그것이 그가 꿈꾸는 삶이었다.

"사랑하는 사람과 함께할 수 있다면 세상에 더 바랄 것이 뭐가 있었어요? 그러면 왕자도 부럽지 않을 거예요. 그렇게 사랑하는 사람을 갖는 것이 저의 소원이에요."

파파게노는 사제가 자기 소원을 들어주리라고는 전혀 기대하지 않았다. 그럼에도 불구하고 누군가에게 호소하고 싶었다. 연인 없이, 사랑 없이 사는 건조한 삶이 너무 지겨워서 죽고 싶다고 하소연이나 하고 싶었다.

바로 그때 아까 만났던 노파가 지팡이를 짚고

다시 나타났다.

"내가 왔어요. 내 사랑!"

"내가 불쌍해서 온 거요?"

"물론이지. 내 사랑!"

"이렇게 고마울 수가 있나. 내가 아주 복이 많은 사람이군."

"나에게 영원히 성실하겠다고 약속하면 당신 아내가 얼마나 상냥한 사람인지 알려줄게요."

"아니, 잠깐. 그렇게 서두르지 말아요. 내 사랑! 그런 맹세는 신중하게 해야 하는 법이오."

당황한 파파게노가 말을 더듬었다. 이 노파에게 영원히 충실할 것을 맹세한다고? 갑자기 머릿속이 복잡해졌다.

"파파게노! 망설이지 말아요. 빨리 약속하지 않으면 여기에 영원히 갇힐 거예요."

"갇힌다고?"

"그렇다니까. 애인 없이 영원히 세상과 단절한 채 살아야 된다고요."

파파게노는 양 갈래 길에 서 있는 느낌이었다. 세상과 단절된 채 이 삭막한 곳에서 애인 하나 없이 혼자 살 생각을 하니 하늘이 깜깜했다.

'그래. 아무리 노인이라도 아내가 없는 것보다는 있는 게 낫겠지. 적어도 말동무는 해줄 수 있잖아.' 그는 결정을 내렸다.

"좋소. 내 약속하지. 당신에게 영원히 충실하겠소."

그래도 아쉬움이 아주 없는 건 아니어서 아무도 듣지 않는 혼잣말을 중얼거렸다.

"뭐, 당신보다 젊고 예쁜 여자가 나타나기 전까지는."

이 말은 못 들었는지 노파가 물었다.

"맹세하는 거죠? 내 사랑!"

"그렇소. 맹세하오."

그 순간 마치 오래된 껍질이 벗겨지듯 노파의 주름진 얼굴이 젊고 생기 넘치는 얼굴로 변했다. 파파게노의 눈앞에 서 있는 이는 노파가 아니었다. 맑은 눈동자와 장밋빛 뺨, 새처럼 가벼운 몸짓을 지닌 젊은 여인이 환한 웃음을 지으며 그를 바라보고 있었다. 그녀의 옷자락은 햇빛을 머금은 듯 반짝였고, 머리칼은 봄바람에 흔들리는 꽃잎처럼 부드럽게 흘러내렸다.

"파파게나?"

"파파게노!"

파파게노는 파파게나를 안기 위해 두 팔을 벌렸다. 그런데 바로 그 순간 사제가 두 사람 사이를 가로막았다.

"젊은 여인이여! 가시오! 저 사람은 아직 그대를 맞을 준비가 안 되어있소."

그래도 파파게노가 다가가려 하자 아까와 똑같은 소리가 들려왔다.

"물러서라!"

"거참, 물러서기 전에 땅이 나를 집어삼켰으면 좋겠네."

파파게노는 파파게나가 한순간에 사라진 쪽

을 바라보았다. 아무것도 없었다. 아름다운 눈동자도, 장밋빛 미소도, 새소리처럼 경쾌한 목소리도 공기 속으로 사라지고 말았다. 남은 것은 공허한 하늘과 짙게 깔린 정적뿐이었다.

파파게노는 그 자리에 주저앉았다. 행복이 빠져나간 휑한 가슴에 스산한 바람이 불었다.

"또 혼자가 되었구나."

그는 중얼거리며 고개를 떨구었다. 세상이 너무나 차갑게 느껴졌다. 하지만 그 와중에도 가슴 한구석에는 사라지기 전 파파게나가 보냈던 따뜻한 미소의 온기가 남아있었다. 그 짧지만 강렬한 기억이 언젠가 다시 만날 수 있으리라는 희망의 불씨가 되었다. 그 연약한 불씨를 꺼트리지 않으려고 그는 두 손으로 가슴을 꼭 끌어안았다.

사랑이 할 수 있는 일

먼동이 트는 어느 정원의 새벽, 세 소년이 하늘에서 희망찬 노래를 부르며 정원으로 내려왔다. 그들은 늘 함께였다. 누가 앞서거나 뒤처지지 않았다. 노래를 부를 때도 세 사람의 목소리가 정확하게 합쳐졌다.

"곧 아침을 알리는 태양이 찬란하게 떠오를 것이다. 세상의 모든 미신이 사라지고, 현자는 최후의 승리를 거둘 것이다. 오! 자비로운 평화여! 어서 내려와 인간의 마음속으로 들어가거라. 그러면 이 땅이 천국이 되고, 인간도 신처럼 멸망하지 않을 것이다."

소년들은 인간 세상에 희망의 메시지를 전했다. 하지만 아직 완전한 평화가 찾아온 것은 아니었다. 한 소년이 조심스럽게 물었다.

"너희들 봤어?"

"뭘?"

"파미나가 절망에 빠져 괴로워하고 있는 거 봤냐고?"

"지금 어디 있는데?"

"그게 중요한 게 아니야. 상심이 얼마나 심했는지, 그 애, 제정신이 아니야."

"실연의 아픔이 얼마나 컸으면 그럴까? 가여워라. 우리가 위로해 주자."

그때 소년들의 눈에 파미나가 걸어오는 모습이 보였다. 소년들은 숨어서 파미나의 모습을 지켜보기로 했다. 소년이 말한 대로 파미나는 거의 실성한 사람처럼 보였다. 얼굴에는 눈물 자국이 말라붙어 있고, 눈동자는 초점 없이 허공을 헤매고 있었다. 마치 영혼이 몸을 떠난 것 같은 모습이었다. 파미나의 손에는 칼이 들려있었다. 밤의 여왕이 자라스트로를 죽이라고 준 칼이었다. 그런데 이제 파미나는 그 칼로 스스로의 삶을 끝내려 하고 있었다. 그녀는 손에 쥔 칼을 내려다보았다. 날카로운 칼날이 달빛에 희미하게 빛났다. 타미노는 떠난 후로 돌아오지 않았고, 그로부터 어떤 소식도 전해 듣지 못했다.

"타미노! 당신은 결국 나를 버렸군요."

그녀의 목소리가 공허하게 울렸다. 사랑이 한순간에 무너져 내린 뒤 남은 것은 견딜 수 없는 침묵뿐이었다. 자라스트로의 시련도, 밤의 여왕의 협박도, 이 모든 것보다 더 잔인한 것이 타미노의 침묵이었다. 그가 남기고 떠난 믿지 못할 약속이었다. 파미나는 칼을 가슴 가까이 끌어당기며 속삭였다.

"이제 네가 내 짝이 되었구나. 너의 그 날카로운 날로 내 슬픔을 끝내주렴."

그녀의 손이 떨렸다. 칼끝이 옷자락을 스쳤다. 그 순간 그녀의 얼굴에는 거의 광기에 가까운 결연함이 떠올랐다. 세상 모든 것을 프기한 듯한 표정이었다. 그녀를 더 이상 두고 봤다가는 큰일이 일어날지도 모른다고 걱정한 소년들이 그녀 앞에 모습을 드러냈다. 그리고 맑고 부드러운 목소리로 말했다.

"멈추세요, 파미나!"

그 소리에 파미나가 놀라서 고개를 들었다.

"내가 죽으려는 건 결코 미워할 수 없는 사랑이 나를 떠났기 때문이야. 그래서 어머니가 주신 이 칼로……"

"그렇다고 자살하면 안 되지요. 자살은 신이 내리는 벌이에요."

"실연의 상처로 괴로워하다 죽느니 차라리 이 칼로 죽는 게 나아."

"불쌍한 아가씨! 참아요. 타미노가 이 모습을 보면 얼마나 슬퍼하겠어요? 너무 슬퍼서 따라 죽을지도 몰라요. 그는 아직도 당신을 사랑하고 있어요."

이 말에 파미나가 실소를 터트렸다.

"나를 사랑한다고? 그런데 왜 나를 피한 거지? 그렇게 애원했는데도 다정한 말 한마디 돌려주지 않았잖아."

"다 이유가 있어요. 아직 말할 수 없지만 그를 보여줄 수는 있어요. 그가 당신에게 마음을 바치고, 당신을 위해 죽음도 마다하지 않는 걸 보면 놀랄 거예요. 자! 우리와 함께 갑시다."

"타미노가 있는 곳으로? 정말? 나를 데려다줘. 타미노를 보고 싶어."

소년들의 말에서 파미나는 작은 희망의 불씨를 보았다. 그 불씨를 직접 눈으로 확인하기 위해 파미나는 길을 떠났다.

시련의 길을 떠난 타미노 앞에 거대한 산봉우리가 나타났다. 산은 양쪽으로 갈라져 있었다. 한쪽에서는 거대한 폭포가 굉음을 내면서 거친 물

줄기를 쏟아냈고, 다른 한쪽에서는 거대한 불기둥이 하늘을 향해 시뻘건 불꽃을 뿜어냈다. 불과 물의 관문이 마주 선 공간은 숨조차 삼켜버릴 듯 깊은 침묵에 잠겨있었다. 용기를 지닌 자만 통과할 수 있는 마지막 시련의 문이었다.

갑옷을 입은 남자들이 나타나 타미노에게 말했다.

"이 시련의 길을 걷는 자는 물과 불, 공기와 땅의 기운으로 정화될 것이다. 죽음의 공포를 이겨낸 자는 지상에서 천국으로 올라갈 것이다. 깨달음을 얻고 자비로운 이시스 신에게 헌신하게 될 것이다."

시련의 문 앞에서 타미노는 깊게 숨을 들이마시고 마음을 가다듬었다. 몸이 미묘하게 떨리는 것이 느껴졌다. 이제 돌이킬 수 없는 길로 접어든 것이다. 이 문 너머에서 어떤 시련이 그를 기다릴지 모르지만 진리와 사랑을 위해서라면 죽음이라도 기꺼이 받아들이겠다고 결심했다.

"잠깐만요."

타미노가 흔들림 없이 시련의 문으로 걸어가고 있을 때 어디선가 그를 불러 세우는 소리가 들렸다. 파미나였다.

"타미노! 당신을 봐야겠어요."

갑작스러운 파미나의 등장에 타미노는 당황했다. 이 모든 시련과 상황을 어떻게 설명해야 할지 그도 막막했다. 난감해하는 그를 대신해 갑옷 입은 사람들이 입을 열었다.

"이제 다른 이들과 대화해도 좋다."

침묵 수행이 끝났다. 그 말에 타미노는 파미나의 손을 잡았다. 손끝으로 미세한 떨림이 전해졌다. 쌓여온 오해가 풀릴 만큼 다정한 몸짓이었다. 파미나는 행복한 미소를 지으며 타미노의 얼굴을 올려다보았다. 그의 눈에서는 앞으로 어떤 시련이 닥칠지라도 이를 용감하게 견디겠다는 결연한 의지가 빛나고 있었다.

"우리 함께 갑시다."

타미노가 말했다. 파미나는 말없이 고개를 끄덕였다. 다른 어떤 말도 필요 없었다. 그렇게 눈빛으로 무언의 약속을 주고받았다. 그때 타미노가 쥐고 있는 마술피리가 타미나의 눈에 들어왔다. 오래된 나뭇결 특유의 은은한 빛이 아름다운 피리였다. 파미나는 오래전 기억을 더듬듯 아득한 목소리로 말했다.

　"아주 오래전, 아버지께서 천 년 된 참나무를 깎아 이 피리를 만드셨어요. 천 년이라니 믿어져요? 그렇게 수많은 시간을 견뎌낸 나무로 만들었으니 예사로운 피리는 아니죠. 피리가 완성되는 순간 천둥 번개가 요란하게 쳤대요. 이 피리가 신비한 능력을 갖게 된 게 그 때문이지요. 나무가 견딘 천 년의 세월과 천둥 번개의 강력한 기운이 이 피리에게 신비한 능력을 불어넣어 준 거예요."

　타미노는 경외심이 가득한 눈빛으로 들고 있는 마술피리를 바라보았다.

"이 피리에는 세월의 무게와 자연의 정기가 함께 담겨있어요. 불과 물의 시련이 아무리 가혹할지라도, 우리가 함께 있고, 서로를 향한 마음을 잃지 않는다면 이 피리가 우리를 지켜줄 거예요."

타미노가 피리를 가슴 가까이 끌어안았다.

"그렇다면 이 피리가 우리의 방패가 되는 셈이군."

마술피리의 신비한 능력을 확신한 두 사람은 한 걸음 한 걸음 앞으로 나아갔다. 육중한 돌문이 둔탁한 소리를 내며 열렸다. 돌이 맞부딪히며 내는 소리가 낯설고 음산했다. 그 문 너머에는 빛과 어두움이 공존하는 낯선 세계가 있었다. 타미노와 파미나는 한 발짝 더 내디뎠다. 시련의 문 앞에서 두 사람은 더 이상 방황하는 나약한 영혼이 아니었다. 진리를 향해 나아가는 신념의 화신이었다. 그들은 뒤돌아보지 않았다. 죽음마저도 두려워하지 않는 담대한 마음을 가지고 닥쳐올 시련에 조용히 몸을 맡겼다.

첫 번째 관문은 불의 시련이었다. 불의 문 앞에 서자 숨 막힐 듯 뜨거운 공기가 얼굴을 덮쳤다. 호흡하기 어려울 정도로 뜨거웠다. 더 가까이 다가서니 시뻘건 불꽃이 세상 모든 것을 집어삼킬 듯 타오르는 광경이 눈에 들어왔다. 이글거리는 불꽃이 마치 살아있는 짐승 같았다.

타미노는 마술피리를 입술에 가져다 댔다. 피리에서 아름답고 신비한 소리가 흘러나왔다. 맑고 순결한 소리가 불길 속으로 흘러들자 불꽃이 맹렬한 이빨을 거두고, 두 사람에게 조용히 길을 열어주었다. 그들은 두려움 없이 불길 사이를 걸었다. 뜨거운 열기 속에서도 그들의 발걸음은 흔들리지 않았다.

불의 시련을 통과하자 곧바로 물의 시련이 시작되었다. 문에 발을 들여놓자마자 살갗을 오싹하게 하는 한기가 느껴졌다. 물이 불보다 훨씬 강한 힘으로 불청객을 거부하는 것처럼 보였다. 조심조심 내딛는 발길 아래에서는 검푸른 물살

이 금방이라도 두 사람을 집어삼킬 듯 소용돌이 치고 있었다. 이번에도 타미노는 피리를 불었고, 똑같은 기적이 일어났다. 피리 소리가 울리자마 자 물결이 잠잠해졌다. 잠잠해진 물결이 스스로 조용히 갈라지면서 두 사람에게 길을 내주었다. 피리 소리와 함께 그동안 그들을 괴롭혔던 오해 와 불신, 증오의 고통도 물속으로 가라앉았다.

피리 소리가 여운을 남긴 채 공기 속으로 사 라지자 불과 물도 조용히 물러났다. 신전의 문이 천천히 열리고, 두 젊은이는 불과 물을 넘어선 사랑과 지혜의 세계로 함께 들어섰다. 사제들은 시련을 이겨낸 이들을 진심으로 축복했다. 타미 노와 파미나는 이제 분노와 복수, 불신으로 고통 받는 나약한 인간이 아니었다. 시련을 통해 고통 을 이해로, 침묵을 진실로 바꾼 진정한 승리자였 다. 그들을 바라보는 자라스트로의 얼굴에 미소 가 번졌다. 이제 어둠은 힘을 잃었다 그와 함께 어둠의 상징인 밤의 여왕도 빛 앞에서 사라질 수

밖에 없는 운명을 맞이하게 되었다.

파미나는 조용히 미소 지었다. 타미노 역시 그녀에게 미소로 답했다. 두 사람은 아무런 말도 주고받지 않았다. 이제 서로의 사랑을 증명할 필요가 없어졌기 때문이다. 불과 물을 지나온 위대한 발걸음 위로 새로운 희망의 빛이 천천히 내려앉고 있었다.

"파파게나! 파파게나!"

파파게노는 눈앞에서 놓쳐버린 파파게나의 이름을 애타게 불렀다. 하지만 아무리 불러도 대답이 없었다. 연기처럼 사라진 그녀의 모습이 눈앞에서 나타났다 사라지기를 반복했다. 그녀의 몸을 안았던 황홀한 순간이 지금은 잔혹한 기억이 되어 그의 가슴을 짓눌렀다. 그는 바닥에 철썩 주저앉았다. 평소에 하늘거리던 깃털은 눈물을 머금은 듯 어깨 위에 축 늘어져 있었다.

"나처럼 복 없는 남자도 세상에 없을 거야. 아! 파파게나! 내 사랑! 이제 영영 가버린 거요?"

허공을 향해 소리치던 파파게노는 뭔가 생각난 듯 자기 입을 손으로 찰싹 때리며 말했다.

"하여간 이 주둥이가 말썽이라니까. 내가 침묵 수행을 제대로 했다면 파파게나를 잃지는 않았겠지. 그러니까 내가 문제야. 남 탓할 것도 없어. 그새 그걸 못 참고 주둥이를 놀렸으니. 그러나 어쩌겠어. 그렇게 태어난걸."

이렇게 자책하면서도 한편으로는 억울했다. 그동안 새나 잡고, 노래나 부르며 살던 사람에게 침묵 수행을 해내지 못했다고 여자를 못 만나게 하는 건 부당한 일이라는 생각이 들었기 때문이다. 그가 바라는 것은 따뜻한 빵 한 조각과 향긋한 와인 한 잔, 그리고 그것을 함께 나눌 애인이나 아내뿐인데, 세상은 그것조차 그에게 허락하지 않았다.

파파게노는 고개를 숙여 호수에 비친 자신의 얼굴을 들여다보았다. 평생 홀로 살아온 사람의 외롭고 처량한 얼굴이 거기 있었다. 자기가 봐도 참 한심한 꼴이었다.

"이렇게 살아서 뭐해?"

파파게노는 나무를 올려다보았다. 가지 하나가 유난히 낮게 드리워져 있었다.

"저기에 목을 매고 그냥 죽어버릴까?"

그가 밧줄을 만지작거리며 중얼거렸다. 이 숲에서 수없이 새를 잡았던 이 손이 이제는 스스로를 해치는 손이 되다니. 파파게노는 쓸쓸하게 웃었다. 그리고 밧줄을 들고 발걸음을 옮겼다. 나무 밑에서 손에 쥔 밧줄을 바라보았다. 감촉이 차갑고 무심했다.

"내가 목을 매는 건 사는 게 너무 지겹기 때문이야. 아무도 내 진심을 알아주지 않았어. 잘 있거라! 거짓으로 가득 찬 세상아! 사랑하는 여자도 빼앗아 간 무정한 세상아! 이제 너에게 작별을 고한다.”

파파게노는 나뭇가지에 밧줄을 걸었다. 이제 정말 끝이라고 생각한 순간 가슴 깊은 곳에서 마지막 불씨 하나가 톡 하고 튀어 올랐다. 그는 손을 멈췄다.

“마지막으로 한 번만 더 불러볼까?”

이대로 생을 끝내면 너무 억울할 것 같았다. 죽을 때 죽더라도 마지막까지 최선을 다해보고 싶었다. 그래야 죽어도 후회가 없을 것 같았다. 파파게노는 높은 곳에 올라가서 외쳤다.

“내 아내가 되어줄 여자 어디 없어요? 아름다운 아가씨가 달려와서 나를 안아준다면 당장 이 짓을 그만둘 거예요. 정말 누구 없어요? 한 번만, 단 한 번만 대답해 주세요!”

아무 대답도 돌아오지 않았다. 들리는 것은 바람에 나뭇잎이 흔들리는 소리뿐이었다. 생사의 기로에서 초조해진 파파게노가 다시 소리쳤다.

“자! 셋까지 셀 테니 빨리 나오세요. 하나!”

아무도 나오지 않았다. 숲에는 여전히 정적이 흐르고 있었다. 파파게노는 조금 더 크게, 조금 더 간절하게 외쳤다.

　"두우우우우우울!"

　하지만 아무도 나오지 않고 그의 목소리만 메아리쳐 돌아왔다. 실망한 파파게노는 완전히 풀 죽은 소리로 말했다.

　"세세에에에에에엣⋯⋯"

　역시 아무 반응이 없었다. 파파게노는 절망했다. 숲의 정적이 그에게는 죽음처럼 느껴졌다.

　"그러면 그렇지. 나 같은 팔자에 아내는 무슨. 평생 혼자 살다가 외롭게 죽느니 차라리 지금 죽는 게 낫지. 그래. 이제 진짜 죽는다. 무정한 세상아! 안녕! 그동안 행복했다."

　그때였다. 저 멀리 허공에서 다급한 목소리가 들려왔다.

　"멈춰요! 파파게노!"

　파파게노는 하늘을 올려다보았다. 세 소년이

빛에 둘러싸인 채 공중에서 그를 내려다보고 있었다.

"바보 같은 짓 하지 마세요. 목숨이 하나뿐인 거 몰라요?"

"너희들은 죽었다 깨어나도 내 심정을 모를 거야. 원한다면 언제라도 예쁜 소녀를 친구로 가질 수 있으니까."

그러자 소년들이 말했다.

"파파게노! 마법의 종 가지고 있죠? 그걸 한번 울려봐요. 그럼 아내가 나타날 거예요."

파파게노는 그제야 자기에게 마법의 종이 있다는 것이 생각났다.

"아! 맞다! 마법의 종이 있었지. 바보같이 그걸 잊고 있었네."

그 순간 파파게노는 천군만마를 얻은 것 같은 기분이 들었다. 저번에 파미나와 같이 도망치다가 모노스타토스에게 잡혔을 때, 이 마법의 종이 부린 마술이 생각났다. 종이 울리자 모노스타토

스와 부하들이 음악에 맞춰서 춤을 추기 시작했
잖아. 방금전까지 불같이 화를 내던 사악한 무리
들이 갑자기 나른해져서 춤을 추는 광경이 어찌
나 신기하던지. 파파게노는 그 장면을 떠올리며
바로 여기서도 마법의 종이 신비한 능력을 보여
줄 것이라 믿었다.

파파게노가 종을 울리자 맑고 투명한 소리가
숲을 가르며 퍼져나갔다. 소리는 나뭇잎에 부딪
혀 반짝였고, 바위에 닿아 웃음처럼 튀어 올랐다.
마치 보이지 않는 손들이 그 음을 받아 이어 부
르는 듯, 종소리는 점점 더 경쾌해졌다.

그 순간 공기가 미묘하게 달라졌다. 바람이 방
향을 바꾸었고, 새들의 울음이 장난스러운 리듬
을 탔다. 나무 사이에서 빛이 은은하게 흔들리더
니 웃음 섞인 발걸음 소리가 들려왔다. 파파게노
는 눈을 크게 뜨고 소리가 나는 쪽을 바라보았
다. 연기처럼 가볍게, 그러나 분명한 형체를 지닌
존재가 나뭇가지 사이에서 모습을 드러냈다. 파

파게나였다. 그녀가 먼저 그에게 신호를 보냈다.

"파!"

파파게노가 리듬에 맞추어 응답했다.

"파!"

그렇게 이름의 첫 글자를 몇 차례 주고받으며 서로에게 다가갔다. 깃털처럼 가벼운 발걸음, 반짝이는 눈동자가 그에게 행복한 미소를 보냈다. 파파게나가 점점 가까이 다가왔다. 그녀는 파파게노와 같이 깃털로 장식한 화사한 옷을 입고 있었다.

"내 아내가 되어주오!"

"당신도 제 남편이 되어주세요."

"파파파파파, 파파게노!"

파파게나가 익살스럽게 파파게느의 이름을 불렀다.

"파파파파파, 파파게나!"

파파게노 역시 장난스럽게 파파게나의 이름을 불렀다.

서로의 마음을 확인한 두 사람은 성급하게도 곧바로 행복한 미래를 설계하기 시작했다.

　"결혼하고 예쁜 아기도 낳아야지."

　파파게노가 새를 부르듯 장난스러운 목소리로 말하자 파파게나가 종달새처럼 웃으며 화답했다. 두 사람은 아들 하나, 딸 하나로는 부족하다며, 숲이 가득 찰 만큼 많은 아이들을 낳아 웃음과 노래로 키우자고 다짐했다.

　"먼저 어린 파파게노!"

　"그다음 어린 파파게나!"

　"다음엔 다시 파파게노!"

　"다음엔 다시 파파게나!"

　"그리고 더 어린 파파게노!"

　"그보다 더 어린 파파게나!"

　"그다음 더 어리고 어린 파파게노!"

　"그다음 더 어리고 어린 파파게나!"

　두 사람이 즐겁게 미래를 설계하는 동안 숲속의 새들이 하늘 높이 날아올라 한목소리로 이들을 축복해 주었다. 새들의 노랫소리와 두 사람의 웃음소리가 경쾌한 화음을 이루며 울려 퍼졌다. 그렇게 평생 여자 타령을 하던 파파게노는 파파게나를 아내로 맞아 소원을 이루었다. 이제 더 이상 불평불만을 늘어놓는 일은 없을 것이다.

새로운 낮으로

✦

자라스트로의 성에 밤이 내려앉았다. 성 주위에 무언가 음산한 기운이 감돌았다. 달빛은 흐릿했고, 별들은 마치 두려움에 눈을 감은 듯 희미하게 반짝거렸다. 그때 모노스타토스가 나타났다. 그의 눈은 걷잡을 수 없는 분노와 욕망으로 이글이글 타오르고 있었다. 파미나를 빼앗긴 일에서 오는 굴욕감과 자라스트로의 모욕, 파파게노의 조롱, 파미나의 멸시. 이 모든 것들이 증오의 씨앗을 심어 그의 복수심을 부추겼다. 그는 자라스트로를 무찌르면 파미나를 그에게 주겠다는 밤의 여왕의 약속을 떠올렸다. 야비한 미소가 입가를 스쳐 지나갔다.

드디어 밤의 여왕이 어둠을 뚫고 공기처럼 미

끄러져 들어왔다. 그녀의 검은 망토가 살아있는 것처럼 성의 공기를 빨아들이며 흔들렸다. 그녀의 얼굴은 독기로 가득 차있었다. 모성이나 연민은 그 어디에서도 찾아볼 수 없었다.

"여왕님! 자라스트로를 무찌르면 따님을 제게 준다고 약속하셨지요? 그 약속 꼭 지키시길 바랍니다.

"그래. 약속하마. 내 딸을 너에게 주겠다."

밤의 여왕 뒤를 그림자처럼 따라다니는 시녀들이 약속을 다시 한번 상기시켰다.

"여왕님의 딸을 당신에게 줄 거예요."

그때 안에서 천둥 번개가 치는 소리와 거대한 폭포가 떨어지는 소리가 들렸다.

"저 안에서 무슨 소리가 나는데요. 천둥과 폭포 소리 같아요."

"아! 정말 무시무시한 소리구나!"

밤의 여왕과 시녀들은 두려움에 몸을 떨었다. 그때 모노스타토스가 숨죽이며 말했다.

"모두 사원 안에 있어요."

"바로 지금이야. 불과 칼로 위선자들을 이 땅에서 몰아내자."

그들은 성 깊숙한 곳으로 어둠처럼 스며들었다. 그리고 사제들의 노래가 사라진 침묵의 전당, 빛의 상징들이 잠든 회랑으로 들어갔다. 밤의 여왕은 이곳에서 자신이 승리를 거두리라고 믿었다. 파미나를 구해내고 태양의 질서를 무너뜨리면, 다시 밤이 지배하는 세상이 돌아올 것이라 생각했다.

모노스타토스와 시녀들이 밤의 여왕에게 자라스트로 일당을 복수의 제물로 바친다고 외치는 바로 그 순간 하늘에서 불벼락이 떨어졌다. 밤의 여왕이 분노에 찬 비명을 질렀다. 그녀의 목소리는 번개처럼 날카로웠지만 빛 앞에서 힘을 잃고 말았다. 당황한 세 시녀들이 서로를 붙잡으려는 순간 바닥이 갈라졌다. 끝을 알 수 없는 심연이 그들을 집어삼켰다. 밤의 여왕은 나락으로 떨어졌고, 이와 동시에 어둠이 지배하는 밤의 세계도 이 땅에서 사라졌다.

이시스와 오시리스의 신전에 찬란한 빛이 쏟아져 내렸다. 제단 위에 서있는 자라스트로의 표정은 엄숙하나 냉혹하지는 않았다. 사제들이 신전으로 천천히 들어오기 시작했다. 낮고 장엄한 사제들의 목소리가 신전을 가득 채웠다. 그들의 입에서 이시스와 오시리스의 이름이 불릴 때마다 보이지 않는 축복이 빛처럼 내려앉았다.

곧이어 타미노와 파미나가 사제복을 입고 나타났다. 그들이 걸친 사제복은 그들이 이제 왕자, 공주가 아닌 진리를 추구하는 구도자임을 의미했다. 순백의 사제복이 두 사람에게 잘 어울렸다. 사제들은 두 젊은이를 바라보며 고개를 끄덕였다. 시험이 끝나고 새로운 삶이 시작되었다는 것을 인정하는 무언의 선언이었다.

파미나는 잠시 눈을 감았다. 어머니의 밤, 칼의 차가움, 절망의 끝에서 자신을 붙잡아 주던 작은 목소리들이 스쳐 지나갔다. 그리고 다시 눈을 떴을 때, 그녀 앞에는 타미노가 있었다. 흔들림 없이, 그러나 한없이 따뜻한 시선으로 그녀를 바라보는 사람. 그 순간 파미나는 깨달았다. 이 축복은 신들이 내려준 것이기도 하지만, 무엇보다 두 사람이 서로에게 가져온 신뢰의 결실이라는 사실을.

"지혜는 사랑과 함께할 때 완성된다."

사제의 말이 울려 퍼지자 타미노는 한 걸음 앞으로 나아가 가슴에 손을 얹었다. 파미나 역시 같은 몸짓으로 이에 응답했다. 타미노의 얼굴에는 시련을 통과한 자만이 지닐 수 있는 고요한 평온이, 파미나의 얼굴에는 사랑과 용서를 베푼 자만이 가질 수 있는 자애로움이 깃들어 있었다. 그들은 서로를 바라보지 않아도 느낄 수 있었다.

불과 물, 침묵과 고독을 함께 건너오며 완전히 하나가 된 두 사람의 마음을.

사제들은 손을 들어 축복의 기도를 올렸다. 그러자 신전의 높은 곳에서 빛이 쏟아져 내려 두 사람을 감쌌다. 그것은 단순한 빛이 아니라 어둠을 넘어서 더 높은 차원으로 들어선 젊은이를 찬미하는 빛의 물결이었다.

사제들은 마지막으로 두 사람을 향해 선언했다. 이시스와 오시리스의 이름으로, 지혜와 사랑의 길을 함께 걷는 자로서 그들을 맞이한다고. 신전의 문이 천천히 열리며 바깥의 빛이 쏟아져 들어왔다. 타미노와 파미나는 나란히 그 빛을 향해 걸어나갔다. 밤은 끝났고, 새로운 낮이 시작되고 있었다.

작품 해설

모차르트의 일대기를 그린 영화 〈아마데우스〉에는 모차르트의 오페라 〈후궁으로부터의 도주〉, 〈피가로의 결혼〉, 〈돈 지오반니〉, 〈마술피리〉의 공연 장면이 나온다. 그런데 영화를 보다 보면 앞의 세 작품을 공연할 때와 〈마술피리〉를 공연할 때 객석의 분위기가 완전히 다르다는 것을 알 수 있다. 〈마술피리〉 공연 분위기가 훨씬 자유분방하다고 해야 할까. 관객들이 노래에 맞추어 박수를 치고, 재미있는 장면에서는 박장대소를 한다. 남녀노소 가릴 것 없이 모두가 공연을 마음껏 즐기고 있는 광경이 인상적이었다.

146

이 즐거움의 원천은 무엇일까? 물론 대본이다. 〈마술피리〉의 대본은 에마누엘 쉬카네더가 썼는데, 그는 동화와 전설, 민담을 바탕으로 누구나 이해할 수 있는 쉽고 재미있는 대본을 쓴 극작가로 유명하다. 하지만 쉽고 재미있다고 해서 그 안에 진지함이 없다는 뜻은 아니다. 쉬카네더의 〈마술피리〉에는 선과 악, 빛과 그림자 감정과 이성, 혼돈과 질서, 어리석음과 지혜의 대비가 때로는 진지하게, 때로는 유머러스하게 그려져 있다.

이야기는 왕자 타미노가 밤의 여왕으로부터 자라스트로에게 납치된 딸 파미나를 구해달라는 부탁을 받으면서 시작된다. 이렇게 초반에는 파미나를 납치한 자라스트로가 악인, 딸을 빼앗긴 밤의 여왕이 선량한 피해자로 그려진다. 하지만 이런 설정은 곧 반전을 맞이한다. 실제로는 자라스트로가 지혜와 이성을 상징하는 인물이고, 밤의 여왕은 포악한 복수의 화신이었던 것이다.

그런데 세상일이 감정과 이성, 빛과 어둠의 이

분법적 원리로만 흘러가는 것은 아니다. 바로 이 지점에서 흥미로운 인물이 등장한다. 바로 새잡이 파파게노다. 그는 악인도 아니고 의인도 아니다. 고상한 이념보다는 현실적인 욕망에 충실한 평범한 인간일 뿐이다. 이런 캐릭터는 동서고금 어디서나 볼 수 있는데, 쉬카네더는 여기에 누구나 공감할 수 있는 웃음 코드를 심어놓았다.

파파게노는 〈마술피리〉에 나오는 인물 중에서 가장 인간적이고, 가장 솔직하다. 인물 묘사가 그렇게 생동감 넘칠 수가 없다. 쉬카네더가 이렇게 생생하게 파파게노를 그려낼 수 있었던 것은 그 자신이 파파게노였기 때문이다. 그는 단순한 대본 작가가 아니었다. 배우이자 바리톤 가수이기도 했는데, 〈마술피리〉 초연 당시 자신이 직접 파파게노 역을 맡아 무대에 섰다. 그러니까 그는 애초에 자기 자신을 염두에 두고 대본을 쓴 것이다. 그래서 그토록 생생한 인물 묘사가 가능했던 것이 아닐까.

〈마술피리〉의 주제는 '시련을 통한 성숙'이다. 타미노와 파미나는 침묵의 시련 그리고 불과 물의 시련을 통해 이전보다 성숙한 인간으로 거듭나고자 한다. 이것은 인간이 감정과 무지를 넘어 이성과 조화의 세계로 나아가야 한다는 계몽주의적 이상과 일맥상통하는 것이다. 그런데 쉬카네더는 이렇게 거창한 이상을 추구하는 와중에도 인간적인 면모를 드러내는 것을 잊지 않는다. 웃음 속에 진지함이라고나 할까. 〈마술피리〉의 대본에는 지고한 철학적 이상과 민중적인 발랄함이 섞여 있다. 그렇게 쉬카네더는 동화와 민담, 심오한 철학적 메시지를 능숙하게 결합시켜 다양한 계층의 관객이 각자의 수준에서 작품을 이해하도록 만들었다. 아이들은 마술과 모험의 이야기로, 어른들은 인간과 사회에 대한 은유로 이 작품을 받아들일 수 있도록 한 것이다.

그 자신이 파파게노였기 때문인지 쉬카네더는 파파게노의 소박한 소망을 외면하지 않는다.

타미노와 파미나가 고난의 시련을 통해 정신적 성숙에 도달하는 순간 파파게노에게도 평범한 행복을 누릴 기회를 준다. 그렇게 오페라 〈마술피리〉는 다양한 인간상의 공존을 인정하는 해피엔드로 끝을 맺는다.

결국 〈마술피리〉가 오늘날에도 살아있는 작품으로 읽히는 이유는, 환상과 철학, 웃음과 성찰을 하나의 이야기 안에서 조화롭게 결합시키기 때문이다. 동화처럼 가볍게 시작된 서사는 선과 악, 사고와 직감, 사랑과 갈등이라는 보편적인 질문으로 자연스럽게 확장되며, 시대를 넘어 독자에게 말을 건다. 이는 현실을 벗어나기 위한 마법이 아니라, 현실을 다시 이해하기 위한 상상력의 마법이다. 바로 이 지점에서 이 작품은 읽는 고전으로서의 생명력을 획득하고, 니케북스 〈환상과 마법〉 시리즈에 자리할 충분한 가치와 의미를 지닌다.

오페라 대본이 소설로 재탄생하다

오페라 대본은 음악과 무대를 전제로 구성되어 있어 텍스트로만 읽어서는 서사의 흐름과 인물의 감정이 충분히 전달되기 어렵다. 이를 소설 형식으로 각색함으로써 〈마술피리〉란 이야기를 보다 생생하고 몰입감 있게 전달하고, 독자들이 단편 소설을 읽듯이 작품 세계로 들어갈 수 있게 했다. 무대 위에서 암시적으로 표현되는 인물의 내면을 문장으로 풀어냄으로써, 이야기의 인과와 감정의 결을 보다 또렷하게 드러낼 수 있다.

특히 실제 오페라 공연을 보기 전에 서사와 감정선을 이해하고 나면 오페라 감상은 단순한 볼

거리를 넘어 이야기의 깊이 있는 해석을 받아들이는 경험이 될 수 있다. 이렇듯 오페라 대본의 소설화는 작품을 단순히 다른 장르로 옮기는 작업이 아니라, 이야기 자체가 지닌 힘을 온전히 전하고자 하는 하나의 제안이 될 수 있다.

환상과 마법 04
마술피리

초판 1쇄 발행 2026년 3월 27일

원작 에마누엘 쉬카네더
글 진회숙
펴낸이 이혜경
기획·관리 김혜림
편집 변묘정, 박은서
디자인 이소정
마케팅 양예린

펴낸곳 니케북스
출판등록 2014년 4월 7일 제300-2014-102호
주소 서울시 종로구 새문안로 92 광화문 오피시아 1717호
전화 (02) 735-9515
팩스 (02) 6499-9518
전자우편 nikebooks@naver.com
블로그 blog.naver.com/nikebooks
페이스북 facebook.com/nikebooks
인스타그램 (니케북스) @nike_books
          (니케주니어) @nikebooks_junior

ⓒ 니케북스 2026

ISBN 979-11-94706-31-1 02850

진회숙

음악평론가이자 칼럼니스트. 이화 여대 음대 및 서울대 음대 대학원을 졸업했다. 서울시립교향악단 월간지 〈SPO〉 편집위원을 역임했으며, 서울시립교향악단 '콘서트 미리 공부하기', 프레시안 인문학습원 오페라 학교', '클래식 학교', 고양 아람누리 문화예술 아카데미 등에서 클래식 음악을 강의한 바 있다. 저서로는 《영화로 만나는 클래식》, 《보면서 즐기는 클래식 감상실》, 《나를 위로하는 클래식 이야기》, 《예술에 살고 예술에 죽다》, 《진회숙의 스토리 클래식》, 《영화는 클래식을 타고》, 《음악사를 움직인 100인》, 《클래식 노트》, 《우리 기쁜 젊은 날》, 《무대 위의 문학 오페라》, 《영화 속 영국을 가다》, 《클래식 인 더 뮤지엄》, 《너에게 보내는 클래스 》 등이 있다.